아버지의 기침소리가
새벽을 깨우고

아버지의 기침소리가
새벽을 깨우고

박상엽 지음

가망불망

아버지 세상 떠나신 지 어언 3년이란 세월이 흘렀다.

당신을 동곡 선산에 모신 이후 나의 주말산행 취미생활이 멈추었다. 그 대신 이른 봄부터 늦가을까지 동곡을 찾아 선영을 돌보는 일과가 새로이 자리를 잡았다. 묵은 밭을 다시 일궈 농사는 덤으로 지었다. 내자는 시종 기꺼운 마음으로 꼬박꼬박 따라나서 주었다. 부부의 이 같은 주말일정은 지금까지도 이어지고 있다.

이런저런 측면에서 어지러운 세상이다. 진심이 담겨 있지 않은 말들이 넘쳐나는 세상이다. 아집과 독선, 그리고 광신으로 세상의 공기가 오염되어 가고 있다. 미래에 대한 희망과 기대보다는 불안과 혼돈이 더 가까워 보이는 세상이기도 하다.

주말마다 산속에 들어앉아 안분지족과 지행합일을 묵상하면서 나무와 채소를 가꾸고 있다. 새들이 정해진 시간과 순서대로 찾아와선 숲속의 적막을 깬다. 딱따구리 선생의 그럴싸한 목탁 반주에 반야심경 독송으로 맞장구침의 재미가 쏠쏠하다.

2019년 뜨거운 여름, 동네 도서관을 들락거려가며 아버지 젊었을 때의 추억을 적어나갔다. 세모에는 우리 부부의 1년치 일상을 정리해 보았다. 이렇게 해서 내 어린 시절의 아버지와 관련한 행적과 사모의 넘이 문자화되기에 이르렀다. 이는 다름 아닌 이 책의 뼈대요 근간이 되겠다. 여기에 그동안 변호사회 회보와 대종회 종보 등에 게재되었던 글들이 보태졌다. 자료들을 뒤

적이다 보니 1985년 고시잡지에 실렸던 사법시험 합격기가 눈에 띄어, 내친 김에 함께 싣는다. 아울러 아내가 며느리에게 주었던 당부의 글과, 아들·며느리의 조부에 대한 회고 내지 인상에 관한 글을 건네받아 부록으로 엮는다.

물은 청산을 흘러내려 강을 이룬다. 세월은 세상 사이로 흐르고, 더불어 세대도 흘러간다. 더 늦기 전에 '지금'과 '여기'의 참의미를 알아야 하겠다. 내가 어디서 무슨 연유로 여기에 왔으며, 과연 무엇을 위해 인생을 살아야 하는가를 진지하게 생각해 볼 때이기도 하다.

글의 내용은 내가 구상했지만, 아내는 알토란같은 소재들을 제공해 준 보물창고다. 글은 내가 꾹꾹 눌러 써내려갔지만, 편집과 출판은 오롯이 아들과 며느리의 몫으로 돌아감을 밝혀둔다.

2020. 7.
청수동 우거에서
박 상연

제1부

아버지,
그리운 아버지!

▲ 부친의 생전모습

密陽朴公聖龍之墓

配慶州金氏順禮

1932 - 2016

물새야
왜 우느냐
유수같은 세월을
원망말아라

인생도 한번가면
다시 못오는
뜬세상 남은거란
청산뿐이다

아~아~아~
물새야
울지를 마라

斗井 朴聖龍 像

▲ 조부의 생전모습

▲ 조부 회갑연

▲ 군복무 시절

▲ 부대 동료들과 함께

▲ 전우들과 함께

▲ 결혼기념

▲ 국민학교 졸업식 참석

▲ 가족나들이

성현의 큰 도덕 윤리가 가보로 전해지고
용과 범의 길한 운세가 자손 대대로 이어지기를

—박성용 옹의 수연을 축하하며
임신년 중추절에 항산 김유혁 쓰다—

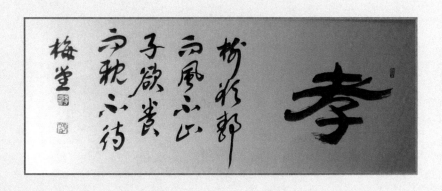

孝　樹欲靜而風不止
　　子欲養而親不待

나무는 고요하고자 하나 바람이 멎지 아니하고
자식이 봉양하고자 하나 어버이는 기다려주지 않는다

-매당 이명규 쓰다-

사부곡(思父曲)

아버지와 어린시절의 나

I

나의 아버지(諱朴聖龍)는 밀양 박 씨 규정공(糾正公)파 27세 손으로, 1932(壬申)년 음력 8월 10일 천안군 직산면 수헐리 7번지에서 부친 박정봉(朴正奉: 1901-1972)과 모친 정수분(鄭壽粉:경주 정 씨 1901-1950) 사이에서 태어났다. 자(字)는 용순(龍淳)으로, 2남 1녀 중 차남. 나의 조부도 2남 1녀 중 차남으로, 대고모님은 방아다리 정(鄭) 씨 댁으로 출가하셨다. 할아버지와 큰할아버지, 그리고 대고모님 세 분 모두 72세에 돌아가셨다. 나의 고모님은 서당골 안(安) 씨 댁으로 출가하였다.

할아버님은 1940년대 초반쯤에 수헐리를 떠나, 가족들을 이 끌고 처가가 있는 천안군 환성면 두정리로 이사하셨다. 1940년 대면 일제식민지 시절 중일전쟁과 태평양전쟁의 와중에 일제의 경제수탈과 민족말살정책이 극단으로 치닫던 시대이다.

할아버지가 새로이 터를 잡은 두정리 마을은 구터와 새터로 자연부락을 형성하고 있었는데, 기존 마을주민들의 텃세와 횡포 속에서도 꿋꿋하게 버티며 고군분투 하셨다.

당시 할머님은 건강이 안 좋아 장기투병 중이었다. 원래는 2 남 1녀 자녀들 위로 아들형제가 있었는데, 돌림병으로 둘을 한 꺼번에 잃는 아픔을 겪은 할머니였다. 그러다 보니 아버지보다 세 살 위인 백부는 장자로서 애지중지 될 수밖에 없었고, 고모는 나이 어린 철부지 소녀에 불과하였다. 자연스레 차남인 아버지 가 밥하고 빨래하는 등, 집안살림을 맡아 고생하였다. 그러니 학 교도 빠지는 날이 더 많았고, 결국 초등학교 졸업장도 받지 못하 셨다.

6·25 전쟁이 터졌고, 그 해 9·18 수복 직후 할머님이 돌아 가셨다. 산소는 동네의 서북쪽 뒷산 고압선 철탑 부근에 설치 되었다.

인공치하에서 마을주민 대다수가 부역하였으나, 아버지는

몸을 피해 토굴에 은신하는 등 끝까지 부역을 거부하였다. 백부는 전쟁 중 군에 징집되었다. 부친도 1953년에 이르러 논산훈련소에 입소하라는 징집영장을 받으셨다. 작은아들까지 입대하면 농사를 지을 수 없다는 할아버지의 만류에, 논산으로의 입소가 이루어지지 않았다. 입소시점이 농번기였던 것이다. 결국 아버지는 새로이 문을 연 제주도 훈련소로 입소하였다. 그곳에서의 군사훈련 후, 사단이 새로 창설되었다. LST편으로 동해를 항해하여, 강원도 간성지역에 배치되었다. 이동 당시 뱃멀미로 고생이 많았다고 한다. 아버지는 꼬박 5년을 군복무하였다. 내가 어렸을 적, 아버지가 군부대 동료들과 함께 찍은 흑백사진들 다수를 본 적이 있다.

당시에는 문맹자들도 많았던지, 군대 내에 이들을 위한 학교가 설치·운영되었단다. 아버지도 이에 자원하셨는데, 무학자도 아닌 자가 왜 끼려 하느냐고 단박에 거부당하였다. 이리 사정하고 저리 하소연한 끝에, 어렵사리 피교육생 신분을 획득하여 교육의 기회를 누릴 수 있었다.

그 시절 아버지가 작성하고 기록하였던, 교육내용이 빼곡 기재된 까만 표지의 군인수첩을 펼쳐본 적이 여러 번이다. 고려 충신 정몽주의 단심가도 힘찬 필체로 적혀 있었다.

아버지는 1956년 음력 4월에 서로 얼굴 한번 못본 채, 경주
김 씨 집안 처자와 결혼하였다. 부대에 어떤 사정이 있었는지는
모르겠으나, 아버지는 결혼일자에 맞춰 휴가를 나오지 못하였
다. 신부집에서는 신랑에 대해 쑥덕공론이 많았다고 한다. 날이
더웠던지라 준비했던 음식을 다 버리고, 새로이 날을 잡아 신부
집에서 결혼식이 거행되었다. 당시 중신아비가 신랑은 밀밭 옆
에만 가도 취한다고, 사실과 다른 답변을 신부집 쪽에 전달하였
단다.

지금도 결혼 풍속이 지방마다 다른데, 1950년대에는 오죽하
였을까?

신부집 안마당 차일 아래에서 거행된 결혼식의 신부 입장 순
서. 신부가 방에서 동네 남자의 등에 업힌 채 나와선, 마당 정중앙
에 차려진 혼례청 쪽으로 다가오는 것이었다. 먼저 입장하여 신부
를 기다리고 있던 아버지는, 순간적으로 "아이쿠, 앉은뱅이 신부
를 얻다니…… 속았구나!" 하늘이 무너져 내리는 줄 아셨단다.

신부를 본가에 떼어 놓고 부대로 복귀한 아버지는 5년 동안
의 긴 복무를 끝마치고, 1958년 제대하였다. 결혼 3년 만에 장남
인 내가 태어났다. 음력으로 1958년(戊戌)년 11월 29일. 양력
으로는 1959년 1월 8일이다. 오랜 진통 끝에, 호롱불을 켜놓은

저녁시간대에 출산. 십이간지로 따지자면, 유(酉)시가 되겠다.

산 너머 동네에 거주하던 의사선생님의 도움을 받아 해산하였단다. 그분은 비록 의사면허가 있는 것은 아니었으나, 6.25 전쟁 기간 군 의무병으로 장기복무 하여 나름 의술이 뛰어났다. 당시에는 의사가 흔치 않은데다 병원도 멀어, 그분은 왕진가방을 들고 주변 마을을 순회하는 형태로 의료 활동을 하고 있었다. 나의 출생을 인도한 분이니, 나로서는 고맙고 또 깍듯한 예를 갖출 수밖에 없다. 그분의 존함은 김효선. 1972년 1월 말 조부가 돌아가시기 직전에도, 사촌형과 내가 산길을 넘고 들길을 달려가 모시고 온 적이 있다.

선생님은 1980년대 초반까지도 왕진가방을 들고는, 이 동네 저 마을 시골 구석구석 진료를 하기 위해 늘 분주히 걸어 다니셨다.

II

내가 태어난 후 분가하여, 본가의 위쪽에 위치한 초가를 사들여 옮겨갔다. 내가 자란 시골집은 초가로서, 본채가 남북방향으로 길게 서 있었다. 안방과 윗방, 그리고 부엌과 이에 딸린 나뭇간과 창고, 반대편 윗방에 접한 곡식 보관 창고. 안마당을 끼고 본채와 기역자를 이룬 형태의 외양간과 화장실. 지붕은 짚이엉을 얹었다. 역시 짚이엉을 얹은 흙담 한켠에 위치한 수채와 얼기설기 나무판자와 싸리를 엮어 만든 사립문. 그 시절의 전형적인 농촌서민주택 구조였다.

아버지는 결혼 초기 소유농지가 별로 없었을 때는, 남의 집 품팔이 일꾼으로 나섰다. 식량을 아끼느라 집에서의 아침식사는 아예 거르고, 일터에서 새참과 점심으로 끼니를 해결하였다. 송아지를 사들여 키우고, 남의 산을 개간하여 작물을 재배하였다. 사람들은 개간을, 따비를 뜬다고 흔히 말하였다. 나도 아버지를 따라다녔다. 당시에는 5·16군사혁명 후 범정부차원에서 개간사업을 대대적으로 권장 시행하던 중이었다. 작가 이문열의 장편소설에도 그 시절 개간사업과 관련한 얘기가 실감나게 묘사되어 있다. 어렵사리 개간하여 경작을 시작한 지 2년쯤 후에, 토지주인이 알음알음 수소문 끝에 우리집으로 찾아왔다. 으름장을 놓고 호통을 쳐가며, 밭을 내놓을 것을 요구하였다. 심어진 것 중 수확이 가능한 것들을 대충 서둘러 걷어들이고는, 순순히 내줄 수밖에 없었다. 성격이 괄괄하고 불같은 아버지로서도

아버지의 기침소리가 새벽을 깨우고

어쩔 도리가 없는 모양이었다.

조부께서 두정리 구터 처갓동네로 이사하여, 손위처남과 손아랫처남을 비롯한 처가식구들에게 의지한 바가 나름 컸다. 하지만 1940년대는 일제강점기와 해방 후의 혼란기여서 다들 경제적으로 곤궁하던 시절인지라, 가까운 친·인척의 도움이란 것도 한계가 있는 법. 게다가 시골동네에도 양반·상놈을 따지는 고루한 기득권층이 엄연히 존재하고 있었다. 고향마을에도, 유독 텃세를 부리는 영감님이 있었다.

그 노인분은 많은 토지를 소유하면서 평소 일은 안 하고, 사랑채에서 글을 읽거나 걸어서 수시로 시내나들이를 하였다. 그것도 아니면 삿갓을 눌러 쓰고 부근 방죽이나 둠벙에 낚싯대를 드리우고는, 고기를 잡는 건지 세월을 낚는 건지 꼼짝 않고 몇 시간씩 앉아 있었다. 길을 걸을 때도, 배를 앞으로 쭈욱 내밀고는 뒷짐을 진 채 팔자걸음을 하였다. 마을 사람들 중 나이든 사람 젊은 사람 구분 없이, 그 영감님께 고분고분하지 않는 이는 아버지 밖에 없었다.

아버지의 처신이 눈에 거슬려 화가 나면, 노인은 아버지를 향해 지팡이를 마구 휘둘러대며 붉으락푸르락한 얼굴 꼴을 해

가지고는 양반 상놈 운운하였다. 이에 아버지는 조금도 굴하지 아니한 채, 맞삿대질 해가며 왈. "양반? ○○(본관) ○(성) 가(哥) 가 양반은 무슨 놈의 양반, 똥양반이지."노인은 아버지의 이 같은 당돌한 언사에 시뻘게진 얼굴로 게거품을 품곤 하였으나, 그 외 더 이상 달리 어쩔 도리가 없었다. 평소 노인의 세도에 주눅 들어 있던 마을사람들은 아버지의 이 같은 당찬 도전에 속으로는 쾌재를 부르면서도, 겉으로는 대책 없이 부풀어 오르는 얼굴 표정을 죽이느라 한껏 용을 써댔다.

아버지는 이른 새벽부터 밤늦게까지 열심히 일하셨다. 농산물을 시장에 내다 파셨고, 돈을 모아 꼬박꼬박 저축을 하여 덩치를 불리셨다. 마침내 동네 부근에 있는 임야를 사들였다. 등기이전에 문제가 있는 땅이었다. 집안 할아버지인 박종화 사법서사의 법률적 도움을 받아, 궐석재판을 거쳐 소유권이전등기가 가능하게 되었다. 사법서사의 명칭이 바뀌어, 현재는 법무사라 칭한다. 종화 할아버님은 촌수는 좀 멀지만, 아버지가 늘 가까이 지내며 수시로 이런저런 도움을 받는 관계를 지속적으로 유지해 오셨다. 지역 국회의원을 지냈던 이상돈 씨와는 고향마을 친구 사이로, 두 분이 젊은 시절 일본으로 건너가 고학으로 대

아버지의 기침소리가 새벽을 깨우고

학을 졸업하기도 하셨다. 나의 이름도 종화 할아버님이 지어주셨다. 상엽과 상민 중 택일하라 하셨단다. 사법시험에 합격하였을 때도, 꽃다발을 들고 집으로 몸소 찾아오셔서 축하해 주셨다. 2000년대 중반에 돌아가셨다.

아버지는 봄부터 가을까지는 부지런히 농사를 짓고, 늦가을부터 겨울의 끝자락까지는 새로 구입한 임야를 개간하였다. 나무뿌리 캐내는 일이 쉽지는 않았지만, 해가 갈수록 밭의 면적은 넓어져만 갔다. 캐낸 나무뿌리를 '고조배기'라 불렀는데, 난방용 땔감으로 사용하기에 제격이었다.

III

초등학교 입학을 위한 예비소집일에, 아버지의 손을 잡고 마을에서 10리나 떨어진 학교에 간 날이 기억난다. 아리랑 고개를 넘어서 갔다. 중간에 거치는 마을의 길가에 세워진 바위돌과 집의 담벼락에, 국가재건구호와 간첩잡자는 구호가 빨갛게 또는 까맣게 씌어 있었다. 나를 학교까지 데리고 온 아버지의 모습이 안 보여, 울었던 것 같다. 어느새 나타난 아버지는 다른 사람들

보기가 민망했던지, 사내자식이 숫기조차도 없다고 나를 향해 호통을 치셨다. 나는 호통 때문이 아니라 잃었던(?) 아버지를 다시 찾았다는 안도감에 곧바로 울음을 그쳤다.

울음 얘기가 나온 김에, 하나 더 곁들인다. 초등학교 입학 전인지 아니면 그 이후인지 정확하진 않으나, 이런저런 정황 상 입학 전의 일일 가능성이 높다.

아버지를 따라 시내 나들이를 하였다. 아버지는 나를 이모님 댁에 맡겨 놓고는, 나름 볼일을 보러 나가셨다. 몇 시간이 지나도 아버지는 돌아오지 않았고, 나는 점점 불안해지기 시작하였다. 이종사촌 여동생과 함께 아버지를 찾아 나섰다. 아버지는 어디에도 없었다. 나는 울면서 집으로 가겠다면서 방향을 정해 떠났고, 어린 동생은 혼자 떨어진 채 가지 말라고 울었다. 그로부터 두어 시간 후, 꼬마는 고향마을 입구도 놓친 채 국도를 따라 북쪽으로 계속 걸어갔다. 그때 마침 부근에서 논일을 하고 있던 같은 동네 청년이 아이의 행적을 주시하다가, 동네 꼬마임을 알아봤다. 나는 결국 그의 등에 업혀 잠든 채 집으로 돌아왔다. 지인들을 만나 술 마시느라 늦어진 아버지는, 뒤늦게 아이가 없어진 사실을 알고는 한바탕 소동에 휩싸였다. 그 일로 인해, 아버지는 할아버님으로부터 호된 꾸중을 들으셨단다.

　　　　　　　　　　　　　아버지의 기침소리가 새벽을 깨우고

내가 입학한 초등학교는 한 학년이 네 개 반. 1학년부터 3학년까지는 남녀합반이었다. 학급당 인원은 거의 70명에 가까워, 그야말로 콩나물 교실이었다.

그 시절에는 시골 학교에도 치맛바람이 드셌다. 아이의 어머니 뿐 아니라 시집 안 간 고모, 심지어 할머니까지도 치맛바람을 일으키며 수시로 학급 교실과 교무실을 들락거렸다. 나는 1학년 때는, 반장·부반장은 고사하고 분단장 축에도 끼지 못하였다. 이른바 소농의 자식으로서, 감수하고 또 견뎌내야 할 한계이기도 했다.

1960년대 중·후반에는, 엿장수가 리어카를 끌고 철걱철걱 가위 소리를 앞세워 시골마을 구석구석을 돌아다녔다. 넓적한 검은 얼굴에 큰 체격의 엿장수 아저씨. 큰 덩치를, 까맣게 물들인 군용 외투로 감싼 모습이었다. 웬만한 더위에도 군용 외투 차림을 바꾸지 않았다. 그는 만화책도 가지고 다녔다. 돈 뿐만 아니라, 쇠붙이를 비롯한 고물도 돈으로 쳐 받아주었다. 당시 돈 10원을 그에게 건네고, 아버지가 나에게 처음으로 사준 만화책이 지금까지도 잊히지 않는다. 「올챙이 소장」. 그때까지도 전쟁의 상흔이 남아 있어, 만화 역시 군대나 전쟁을 소재로 한 작품이 주류를 이루고 있었다.

도회지나 시골 가릴 것 없이, 사내아이들은 사시사철 전쟁놀이로 소일하였다. 총이나 칼도 모양이 그럴듯하게 만들어냈다. 그때까지도, 목발을 짚은 차림이거나 쇠갈고리를 부착한 잘린 팔을 가진 우락부락한 상이군경들이 이런저런 물건을 반 강제적으로 팔거나, 아예 대놓고 동냥질을 하러 시골마을마다 돌아다녔다. 이런 분들이 집안으로 들이닥치면, 부녀자나 아이들은 우선 무섭고 또 주눅 들게 마련이다.

나는 2학년에 올라와서야, 부반장이 되었다. 담임선생님은 활달한 성격의 처녀 여선생이었다. 부반장직이 담임지명에 의했던 것인지, 아니면 선출에 의한 것이었는지는 기억에 없다. 열성할머니의 치맛바람 덕을 본 아이가 반장이었다. 부반장은 나말고 또 한 명이 있었다. 여자 부반장. 노랑 바탕 비닐에 검은색 글씨인가로 '2학년 몇 반 부반장 박상엽'이란 이름표도 새겨졌다. 학교에서 단체로 새긴 것인지, 아니면 아버지가 개별적으로 새겨주신 것인지도 역시 기억에 없다. 겉옷의 왼쪽 가슴 높이에 달고 다녔다.

날씨가 더워지기 시작하는 계절의 어느 날, 이름표가 부착된 스웨터를 벗어 가방에 걸친 채 10리길을 걸어 하교하였다. 집으로 돌아와서도 한참이 지나서야, 옷이 없어진 사실이 드러났다. 아버지는 나를 앞세워, 그날 내가 학교에서 집으로 왔던 길을 거꾸로 되짚어 갔다. 하지만 끝내 문제의 옷을 찾지는 못했다. 지금이야 옷 아니라 더 비싼 물건일지라도 길에 흘린 것을 쳐다보지도 않지만, 그 때는 달랐다. 곡식은 물론 옷이나 그릇, 심지어는 솥까지 떼어가는 도둑들이 기승을 부렸다. 웬만한 동네에선, 주민들이 순번을 정해 딱딱이를 쳐가며 밤에 야경을 돌았다. 그래도 잡히는 도둑이 많았다. 마을 어른들은 잡힌 도둑을 멍석으로 둘둘 말아 땅바닥에 눕혀 놓고는, 몽둥이로 매타작을 하였다.

나는 잃어버린 부반장 이름표를 다시 새기지도 못하였다. 학기가 바뀌자, 남자 부반장직도 다른 녀석에게 넘어갔다. 반장 녀석은 그대로였다. 3학년 때는 학예부장, 4학년 때는 분단장의 감투에 만족해야 하는, 평범하기 그지없는 소농의 아들이었다. 그때는 아버지가 가세를 일으켜 세우는데 바빠서 그랬는지, 학교를 찾아오신 기억이 전혀 없다. 학년 초 담임선생이 형식적인 가정방문을 딱 한 번 하거나, 집이 학교에서 멀다는 핑계로 아예 그것조차도 하지 않았던 것 같다.

3학년이던 1967년 7월의 어느 더운 날, 같은 반 친구들 셋과 함께 마을 뒷편 방죽에서 벌거숭이가 되어 물놀이하다가 웅덩이에 빠져, 죽다 살아났다. 근처에 때 늦은 모내기를 하던 어른들이 있었으나, 물에 빠져 허우적대는 꼬마들을 장난치는 것으로 오해한 나머지 구조를 위한 때를 놓쳐 버렸다.

몇 차례 물 위로 떠올랐다 가라앉기를 반복하면서 물을 한껏 들이켠 나는, 웅덩이 주변에 자라는 왕골풀의 긴 줄기를 겨우 잡아채곤 가까스로 물 위로 기어나왔다. 옆집에 살던 명춘식은 그날 죽었다. 나보다 나이가 두 살인가 더 많은 아이였다. 가마니에 둘둘 말려 지게에 얹혀진 아들을 앞에 놓고, 춘식이 엄마는 목 놓아 울었다. 그렇게 춘식이는 하늘나라로 갔고, 그녀석의 엄마와 누나인 춘자가 세상에 남겨졌다. 그 사건 이후, 나는 웬만해선 물속에 들어가지 않는다.

4학년부터는 반 편성을 남녀별로 따로 하였다. 각각 두 개 반. 5학년 때 반 아이들이 사고를 쳤다. 학년 초 투표를 통해 반장을 뽑았다. 아이들이 우선 나를 후보로 올려세웠다. 가정환경이 나보다는 훨씬 좋은 애도 두 번째로 추천되었다. 투표할 때, 내가 나를 찍을 수는 없겠기에 다른 후보를 찍었다. 개표 결과는 압도적인 차이에 의한 나의 당선이었다. 아이들은 환호와 박수로 반응하였다. 하지만 담임선생님은 의외의 결과에, 당황한 표정이 역력하였다. 그 다음 날인가, 담임의 장황한 설명과 함께 반원들에 대한 회유가 있었다. 담임의 이어진 재투표 선언. 반원들은 일제히 긴장하면서, 대꾸도 못한 채 이런저런 형태의 떨떠름한 표정들을 지었다. 재투표가 실시되었지만, 결과는 종전의 것과 거의 다름없었다. 담임선생으로서도 더 이상 어쩔 도리가 없었다. 반원들의 지지 덕분에, 나의 반장직은 6학년 때까지 이어졌다. 반원의 변동 없이 그대로 학년이 올라간 것이다. 다른 세 개 반과 달리, 유독 우리 반만 다른 분으로 담임이 바뀌었다. 평소 애들에게 먹을 것을 갖다 준 것도 아니고 업어주기라도 한 것도 아닌데, 걔네들이 무슨 이유로 두 번씩이나 나를 반장으로 뽑아줬는지 나로서는 도대체 알 수가 없다. 이제는 다들 육십 영감(?)들이 돼 버렸다.

5학년 담임선생은 호랑이 선생님이었다. 일명 '원산폭격' 기합을 주거나 곤봉체조 수업 시 곤봉으로 한 대 가격하면, 떨지 않는 애가 없었다. 나의 반 담임을 맡았을 때까지도 미혼이셨다. 젊은 혈기에 술도 꽤나 좋아하셨다. 그 시절, 농촌에서는 너도 나도 집에서 밀주를 담갔다. 당국의 강력한 단속에도 불구하고, 집주인이나 일꾼들은 농사의 고달픔을 농주 마시는 것으로 상쇄하였다. 당시 시골에서 가장 무서운 것이, 불시에 들이닥치는 밀주단속과 산감의 불법 벌목 단속이었다.

담임 왈, "너희 집 담근 술 있지?" 가져오란 말씀은 없었으나, 집에 가 고하니 아버지 가로대 "선생님께 달리 드릴 건 없어도, 술만은 얼마든지 갖다드려라."

소풍 때 메고 가는 물병에 농주를 가득 담아갔다. 수업이 끝나고 아이들이 전부 귀가한 후, 반장·부반장만 텅 빈 교실에 남았다. 선생님은 술이 참 맛있게 익었다며 벌컥벌컥 목 안으로 넘기셨다. 느닷없이 돌출(?)한 반장으로서, 담임선생님의 열망을 충족해 드리지 못해 자못 송구스러웠다. 절기가 가을로 접어들었을 무렵 시·군 관내 초등학교 동시 및 사생대회 동시 부문에서 차상을 차지하여, 뒤늦게나마 담임의 체면을 세워드렸다. 차상은 장원과 차하 사이의 상이었다. '감'과 '편지' 두 개의 제목 중 앞의 것을 택해 거둔 성적이었다. 천주교 계열의 사립여중고 건물 옥상에서 주변 풍광을 내려다 보며 떠오른 시상을 정리하여 제출한 결과였다. 동시 부문 장원은 나와는 다른 제목을 택한 다른학교 여학생이 차지하였다. 심사위원은 윤석중 선생이었다.

상장과 부상을 안고 개선한 나를, 담임선생님은 놀란 표정이 곁들여진 기쁜 얼굴로 덥석 손을 내밀어 맞잡는 악수로 환영해 주셨다. 전교생이 운동장에 도열한 조회시간에, 교장선생님이 단상으로 나를 불러 세워놓고는 상장을 낭독한 후 이를 수여하였다.

집으로 돌아오자, 아버지는 기분이 좋으셔서 마을사람들을 불러 놓곤 나에 대한 칭찬을 하셨다. 거기 모인 어른들은 우리 집에 있는 술로, 날이 어두워지고도 한참 지나서까지 다들 거나하게 취하였다. 아버지는 평소 술을 좋아하셔서, 2되들이 대병 소주를 집안에 궤짝으로 들여놓고 밤낮 구분 없이 수시로 드셨다.

모처럼 실컷 마신 어른들은 대부분 아버지에게 잘 마셨다는 인사를 하며 우리집 대문을 나섰다. 그 중 눈 밝은 두어 분은 나의 머리를 쓰다듬으며, 너 덕분에 잘 마시고 간다는 말씀을 남기고 대문을 나서선 흔들리는 등 위로 달빛을 받았다.

IV

아버지의 타고난 부지런함과 검소함 덕분에, 해가 갈수록 소유농지의 면적이 늘어만 갔다. 그에 따라, 요구되는 노동력도 덩달아 늘어갔다. 초등학교 4학년 무렵부터, 나의 농업 노동도 본격적으로 시작되었다. 가족들의 노동력 활용으로 인한 인건비

절약이 아버지의 일관된 방침이었다. 아버지는, 날이 채 밝지도 않은 꼭두새벽부터 어둠이 짙게 내린 늦은 저녁시간까지 논밭에서 일하셨다. 집으로 안 오셔 걱정된 나머지 어둠을 헤치고 논으로 찾아가 보면, 가득 찬 물 위로 어슴푸레 아버지의 실루엣이 드러났다. 물 위로 돌출된 흙덩이들을 삽으로 떠내 낮은 곳으로 내던지는 소리가, 첨벙첨벙 어둠 속을 가로질렀다. 사들인 임야를 일일이 따비 떠 개간한 이후론, 밭일이 부쩍 많아졌다.

봄부터 가을까진 논밭일. 가을에 접어들면, 숲에서 여름 내내 쑥쑥 커오른 아카시아를 베어내어 겨울 한철 사용할 땔감을 마련하셨다. 겨울철이면 틈날 때마다 따비를 일구어 농토를 늘리고, 밤이면 집에서 새끼를 꼬고 맷방석이나 삼태기를 짜는 일로 쉴 틈이 없으셨다. 통상 밭에 밀·보리를 심던 그 시절에도, 아버지는 환금성 좋은 특수작물을 재배하여 농업수입을 늘려갔다. 갖은 노력 끝에 땀 흘려 수확한 작물들은, 등급으로 치자면 항상 1등품이었다. 시장에 내 가면, 상인들이 너도 나도 먼저 사들이려고 앞 다퉈 달려들었다. 고추와 참깨, 수박과 참외, 도라지와 땅콩에 이런저런 종류의 콩. 논둑도 놀리지 않고 콩을 심어 가꿨다. 아버지가 재배하는 땅콩은, 이후 내가 중·고등학교 다니던 시절에는 밤늦게까지 공부하는 아들을 위한 간식으로 요긴하게

아버지의 기침소리가 새벽을 깨우고

쓰였다.

지금과 달리 그때에는 전국도로망이 제대로 정비되지 않았고, 비닐하우스 재배도 소규모였다. 노지 수박과 참외도, 지역별로 얼마든지 팔려나갔다. 당시에는 서리꾼들이 극성이어서, 수박 밭에 원두막을 지었다. 전문서리꾼도 없지 않았지만, 어린 사내 녀석들이 호기심과 모험심에 휩쓸려 남의 집 과일서리를 하곤 하였다. 나 또한 서리에 나선 동네 친구들을 따라나서, 야심한 시간대에 남의 과수원이나 딸기 밭에 기어들어간 적이 서너 번 있다.

재배한 수박이나 참외는, 늦어도 말복이나 광복절까지는 시장출하를 끝마쳐야 한다. 그 이후에는 찬바람이 불어, 소비량이 확 줄어들게 마련이다. 가격이 덩달아 떨어짐은 당연지사. 긴 여름방학 동안은 낮시간에 원두막 지키는 게 나의 임무. 오후 4시경이면, 다음 날 새벽에 경매시장에 출하할 수박과 참외를 따서 원두막 밑 공터에 줄맞춰 배열한다. 물을 퍼날라 와선 흙 묻은 참외를 일일이 씻어 말리는 작업이 꽤나 고되었다. 밤 9시쯤 되면 하루 일을 끝낸 후 저녁식사까지 마친 아버지가 원두막에 모습을 드러냈고, 곧바로 임무교대. 나는 밤길을 걸어 집으로 돌아가 잠을 잤고, 아버지는 홀로이 원두막에서 짧은 여름밤을 지새우며 수박밭을 지켰다.

새벽 4시쯤이면 아버지는 집으로 돌아가 소에 마차를 연결하여 밭으로 끌고 와선, 시장에 내다 팔 수박과 참외를 마차 위에 차곡차곡 실었다. 아버지는 15리길을, 마차를 끌고 시장까지 걸어가 이를 팔았다. 수박 팔러가는 아버지를 따라, 나도 몇 번인가 시장에까지 간 적이 있다. 당시의 1번 국도는 포장이 되어 있긴 하였으나 통행차량이 많지 않아, 우마차가 다니기에 큰 불편은 없었다. 시장을 갈 때와 올 때, 부근에 들어서 있던 나일론 공장 등으로 출근하는 여공들이 길고 긴 줄을 이뤄 마주쳤다. 그녀들을 마주칠 때, 솔직히 말해 좀 창피하다는 생각도 들었다. 하지만 아버지를 자주 쫓아간 건 아니라, 고역이 될 정도까지는 아니었다. 당돌한 처녀애들은 솔깃한 얼굴로, 나에게 저녁에 어디어디로 나오라면서 자기네들끼리 까르르 웃어댔다. 그녀들도 지금쯤은 늙어가는 신세로, 내리 손자손녀들을 두고 있을 것이다.

여름방학이 끝나갈 무렵 오후에는 가족 모두 밭에 나가 땀을 뻘뻘 흘렸다. 미리 베어 세워 놓은 참깻단을 땅바닥 포장 위에 쓰러뜨리곤, 막대기로 툭툭 쳐가며 참깨를 털었다. 땀에 흠뻑 젖은 팔다리에, 연두색이나 갈색의 작은 벌레들이 떼를 지어 사정

없이 기어올랐다. 한낮 땡볕에 땀으로 목욕을 해가며 참깨를 털던 어린시절의 고생을 회상하노라면, 감회가 새롭다. 이런 이유로 인해, 나는 지금도 음식에 버무려진 참깨를 한 알도 남기지 않으려고 기를 쓴다. 냉면에 뿌려진 참깨든 김치에 양념으로 친 참깨든 불문한다. 식당 냉면을 먹으면서 이런 행동을 하다보면, 옆자리에 앉은 이들이 한마디 던진다. "박 형! 중국산 깨가 몸에 썩 좋은 것도 아닐 텐데, 뭐 그리 악을 쓰시오?"

깨를 털다가 허리가 아파 하늘을 쳐다보노라면, 파란 하늘에 무심하니 흰구름만 흘러간다. 이럴 때면, 나는 언제쯤에나 이 고역에서 벗어날 수 있겠나 생각해가며 상념에 잠기곤 하였다. 방법은, 가출을 하여 무작정 도시로 가거나 아니면 이를 악물고 열심히 공부하여 대도시에 있는 상급학교로 진학하거나 둘 중의 하나.

토요일 오후와 일요일, 그리고 긴 여름방학은 애초부터 아버지의 농사일을 거드는 날로 정해져 있었다. 2월 말에서 3월 초순까지도 아버지를 도와야만 했다. 밭에 재배한 도라지를 캐내어선 시장에 팔았던 것이다. 캐야 할 도라지 밭의 도라지가 꽤나 많았다. 비록 그로 인한 노동은 신역(身役)을 고되게 하였으나, 집안 장롱 속 현금은 차곡차곡 쌓여갔다. 어느 정도 돈이 모아지면, 은행 예금으로 형태를 바꿨다.

4월 초순 개나리 진달래 피고 살구꽃 향기가 바람에 날릴 때쯤이면, 못자리 설치에다 가래질을 해야 했다. 가래질이란, 겨우내 얼었다 녹았다를 반복하여 물러지거나 허물어진 논둑을 젖은 바닥 흙을 퍼 올려 다지고 고르고 하여, 논물이 논둑 밑으로 새나가지 않게 만드는 작업이다. 어린 나이의 나는, 큰 쇠스랑을 사용하여 바닥 흙을 논둑 위로 일정한 두께로 끌어 올린다. 그러면 아버지가 끌어 올려진 흙을 발로 일일이 밟아 다진 다음, 한껏 물을 끼얹고는 삽으로 매끈하게 문질러 마무리 작업을 하는 것이다. 안타깝게도, 우리집 논은 천수답이 대부분이었다. 하나하나의 논이 면적은 좁고, 논둑은 구불구불하니 갈치처럼 길었다. 당연히 가래질 작업량이 많을 수밖에 없었고, 일은 하고 또 해도 끝이 없었다. 허리가 끊어지는 것 같아, 작업 중간중간 논둑에 벌렁 드러눕기가 다반사였다. 오죽 힘들었으면, 머리 위로 날아가는 비행기들을 향해 총을 쏴대는 시늉을 했을까. 나의 이런 철없는 행동에, 아버지는 냅다 호통을 치셨다. 군 제대 10년이 훌쩍 넘었는데도, 아버지는 여전히 군인정신이 투철하여 애국자이셨다.

우리집 논에는 항시 물이 모자랐다. 그래서 논 한켠에 물을 가두어 놓을 목적으로, 웅덩이를 파놓았다. 이를 둠벙이라 불렀다. 논에 물을 댈 필요가 있을 때에는 양쪽으로 두 가닥씩의 끈을 연결하여 만든 두레박을, 두 사람이 논둑에 나란히 선 채로 끈을 양 손에 나눠 잡고 반복적으로 흔들어 물을 담아 퍼 올렸다. 양인간에 호흡을 잘 맞춰야, 물을 제대로 퍼 올릴 수가 있다. 옆자리에 켜놓은 라디오에서 흘러나오는 청룡기 전국고교야구대회의 실감나는 중계방송을 들어가면서, 물을 퍼 올렸다. 그 시절 군산상고 야구팀은 '역전의 명수'란 닉네임을 갖고 있었다.

V

일제강점기에 한반도와 간도지방의 논농사가 행해지는 지역에서는, 논에 물을 끌어들이는 문제로 농민들 간에 이런저런 싸움이 잦았다. 일본인이나 중국인 지주의 횡포에 대항하는 조선 민초들의 분노가 폭발하여, 급기야 집단행동으로까지 나아가기도 하였다. 이를 소재로 한 근대 내지 현대 소설들이 다수 있다. 분쟁이 커지는 경우, 살인의 비극으로까지 치닫기 일쑤였다.

우리집에 '수렁자리'라 부르는 골에 논 네마지기가 있었다.

이웃집 할아버지 소유의 논이 바로 옆에 있었다. 그 논은 수렁 바닥에서 물이 솟아올라, 그 당시 기준으로는 상답이었다. 아버지 논은 천수답. 아버지는 영감님께 물을 좀 나눠줄 것을 부탁하였으나, 그분은 늘 고자세로 뻣뻣하였다. 어쩌다 물을 찔끔 내려주면서도, 한껏 생색을 냈다. 어느 날 타들어가는 논바닥을 보다 못한 아버지는, 수렁논의 물꼬를 냅다 터서 물을 끌어 댔다. 뒤늦게 이를 알게 된 영감님이 노발대발. 혈기방장한 아버지도 물러서지 않았다. 옆논의 벼 생장에 큰 지장이 없는 한도 내에서 물을 좀 나눠 쓴 게 뭐 그리 큰 잘못이냐? 하지만 끝내 아버지는 노인을 설복시키거나 공감을 얻는데는 실패하였다.

이와 같은 '투쟁'은 '방죽너머' 다랑논에서도 전개되었다. 물이 가득찬 옆논의 물꼬를 터서, 바싹 마른 아버지의 논으로 시원스레 물을 끌어들였던 것이다. 아버지 친구의 부친이기도 한 주인영감님이 뒤늦게 이를 확인하곤, 허벅지 부근까지 걷어올린 흙 묻은 잠방이 차림으로 부리나케 우리집으로 달려왔다. 아버지를 향해 삿대질을 해가며 부르르 떠셨다. "승용이, 이놈⋯⋯." 이런저런 궁리 끝에 아버지는 천수답의 위쪽 구릉이 흘러내려온 지점을 물이 나올 만한 곳으로 어림하고는, 삽으로 샘을 팠다. 며칠이 걸렸다. 둠벙을 완성한 날 저녁, 날이 어두워지길 기

아버지의 기침소리가 새벽을 깨우고

다린 아버지는 이런저런 음식과 술을 챙겨선 나를 데리고 그곳으로 갔다. 나는 돗자리를 챙겨들고는, 풀 위에 내린 밤이슬에 신발을 흠뻑 적시면서 아버지 걸음을 부지런히 쫓아갔다.

음식을 진설하고 술을 따라 올려 큰절을 해가면서, 물이 솟아오르게 해달라고 토지신에게 빌었다. 아버지는 절하는 나에게, 고개를 더 숙여 땅에 바싹 대라고 훈수하였다. 술이 남았으니 절을 한 번 더 하라는 아버지 말씀에, 나는 군말 없이 그대로 따랐다. 우리 부자의 이런 간절한 기원에도 불구하고, 그로부터 여러 날을 기다려 봐도 웅덩이 바닥에서는 끝내 샘물이 솟아오르지 않았다. 결국 웅덩이는 도로 원래의 상태대로 메워졌다. 물로 인한 이러한 애환은, 그 후 아버지가 영감님 논 위쪽에 있는 열마지기 면적의 논을 옆동네 소유주로부터 사들이고 나서야 어느 정도 해소될 수 있었다. 그쪽 논에는 정방형의 제법 큰 둠벙이 있어, 필요할 때면 언제든지 논에 물을 댈 수 있었기 때문이다.

따비 밭엔 고구마를 대규모로 심었다. 그곳 토질이 황토인데다가, 비스듬한 비탈밭이라 물빠짐이 좋았다. 햇볕까지 잘 들어 고구마 농사가 잘 됐다. 고구마 모종밭을 설치하여 모를 키웠다.

늦봄에서 초여름에 걸쳐, 순이 크는 대로 수시로 잘라 내어 빈 밭에 심어나갔다. 이 같은 작업은 장마 때까지 이어졌다. 가을로 접어들어 고구마 줄기가 울창하니 뻗어나가면, 고구마 줄기를 땄다. 억센 겉줄기를 벗겨낸 후 끓는 물에 삶아 말려, 무침을 해먹었다. 가을서리가 내릴 때를 전후하여 고구마를 캤다. 식구들이 모두 동원되었다. 이럴 때면 시내에 사시는 이모님 두 분이 수시로 오셔서 바쁜 일손을 거들어 주셨다. 큰 이모님은 돌아가신지 오래이고, 둘째 이모님은 지금 쓸쓸하니 요양병원에 계신다.

고구마 수확 작업은 매번 날이 어두워진 이후에까지 계속되었다. 끌어모아서 다듬고, 부대에 담아 묶어선 마차에 실어 집으로 나른다. 이러한 작업을 끝낸 후 씻고 저녁을 먹고 나면, 늘 오밤중이었다. 밭에 콩을 심고 콩이 완전히 자랄 때까지 사이사이 공간에는 열무나 배추씨를 뿌렸다. 여름철 오후엔 아버지가, 솎아 뽑은 열무나 얼갈이 배추를 몇 지게씩이나 집으로 져날라 뜨락 한켠 그늘에 수북하니 쌓아 놓았다. 이를 다듬는 것은 언제나 아이들 몫이었다. 저녁 무렵 들판에서 돌아온 아버지는, 일정한 사이즈로 한껏 모양을 내어 짚으로 묶어선 다발을 만들었다. 나란히 세우고는, 입에 물을 가득 머금곤 푸우 푸우 뿜어대어 싱싱함을 유지시켰다. 이렇게 만들어진 열무와 얼갈이 다발들은, 아침 일찍 다른 농산물들과 함께 시장으로 실려 나갔다.

수확한 콩이나 들깨는, 뒷마당에 널어 말린 후 도리깨로 털어낸다. 바람개비의 센 바람을 이용해, 튼실한 놈들과 쭉정이를 분리해 내어 자루에 담는다. 도리깨질이 서툴 때는, 도리깨가 뒷통수를 가격하는 바람에 통증으로 머리가 얼얼하기도 하다. 어느 정도 숙달된 후에는, 둘이서 마주보고 서서는 장단을 맞춰가며 도리깨질을 하는 수준에 도달한다.

'호롱기'라고 해서, 둘이나 셋이 나란히 선 자세로 발판을 밟아 탈곡기능이 있는 원통을 돌려 보리나 콩 등을 타작하기도 하였다. 절구통을 뒤집어 세워놓곤 끈으로 보릿단을 묶어선 그 위에 내려치거나, 수수나 조이삭을 내려쳐 알곡을 털기도 하였다.

초등학교 5학년이었던 1969년 쯤 해서, 고향 동네에도 전기가 들어왔다. 그 이후에는 이와 같은 탈곡작업을 전등을 켜놓은 채 밤늦게까지 하기도 하였다.

여름철 아버지는 들일을 마치고 집에 돌아올 때마다, 지게에 소꼴을 한짐 가득 지고 오셨다. 내가 직접 소에게 먹일 꼴을 베는 작업까지 하지는 않았으나, 저녁나절이면 소를 몰고 풀이 많은 곳을 찾아가 소로 하여금 풀을 뜯어먹게 하였다. 그때마다 손에 책을 들고 나갔다. 그게 아니면, 소에게 먹일 쇠죽을 끓이기 위해 부엌 아궁이 앞에 쭈그려 앉아 불을 땠다. 불 붙은 나무 부지깽이를 갖고 장난을 치면서, 혼자 키득거리는 재미도 제법 쏠쏠하였다. 그런 장면을 누가 훔쳐보기라도 했다면, 아마 저 녀석이 미쳤나보다고 혀를 끌끌 찼을 것이다. 나는 언제쯤에나 이 같은 답답한 생활에서 벗어날 수 있을까를 생각하노라면, 나도 모르게 눈물이 핑 돌았다. 그 시절 집에서 키웠던 어미 소들은 가족의 일원이 되어 함께 농사를 지었고, 고맙고 기특하게도 일 년에 한 번씩 어김없이 새끼를 낳아 주었다.

어느 해 겨울 어미소가 외양간에서 송아지를 낳았다. 통상 새끼와 함께 태반이 나오면, 출산이 마무리 된다. 그런데 엉덩이 아래로 삐어져 나온 것이 쉽게 떨어져 내리지 않고, 계속 매달린 상태로 시간이 흘러갔다. 소식을 접하고 큰집에서 올라오신 할아버님은, 태반이 분리되지 않은 것으로 보고 빨리 떨어져 나오라고 끈으로 묶어주기까지 하셨다. 마냥 시간이 흘러감에 따라, 어미소도 지쳐갔다. 뒤늦게 수의사가 불려 왔다. 확인 결과, 출산 과정에서 장기가 체외로 빠져 나온 것. 도로 몸 안으로 집어넣는 것이 여의치 않은 데다, 밖으로 노출된 부위가 이미 동상을 입어 소의 회생 가능성이 없다는 판정이 내려졌다. 불쌍하게도, 어미소는 도축용 소로 헐값에 팔려가는 신세를 면할 수 없게 되었다. 큰 눈을 껌벅이며 엉거주춤한 자세로 도축업자에 이끌려 눈길을 걸어가던 그 어미소의 뒷모습에, 콧등이 시큰했던 기억이 아직도 남아 있다. 졸지에 고아가 되어 홀로 남겨진 송아지가 또 하나의 문제였다. 윗방에서 며칠간 젖병을 통해 우유를 먹였다. 아버지는 장날에 맞춰 시내 우시장으로 행차를 하였고, 막 젖먹이 새끼를 뗀 어미소를 사오셨다. 어미소가 송아지를 받아들였다. 송아지도 낯가림을 하지 않았다. 불쌍한 송아지는 어미 젖을 빨 수 있었고, 둘은 금세 다정해졌다.

VI

아버지의 인생에 있어서 1970년은, 그야말로 죽음 일보 직전까지 갔던 인생 최대 위기의 해였다. 또한 어린 나에게도, 인생의 행로에 치명적인 위험이 초래될 수 있는 절체절명의 순간이기도 했다. 여하튼 아버지는 사선을 넘고 오뚜기처럼 살아남았다. 그리고는 마치 아무일 없었다는 듯이 툭툭 털고 일어나, 맡겨진 가장으로서의 역할을 추호의 흔들림도 없이 해나가셨다.

8월 13일로 기억된다. 여름방학 중이었고, 더위가 맹위를 떨치고 있었다. 농촌절기상으로는 논에 심어놓은 벼가 한껏 자라, 이삭이 쑥쑥 나와 제법 패기 시작할 무렵이다. 이 무렵 작은 벌레들이 벼 이삭의 중간을 끊고는 즙을 빨아먹어, 쭉정이 벼로 만들어버린다. 이를 막기 위해서는, 농약을 살포해야 한다. 아버지는 아침 일찍, 등에 짊어지는 분무기를 갖고 논으로 나가셨다. 이논 저논을 옮겨다니며, 땡볕 아래 하루 꼬박 농약을 뿌리셨다. 날이 더워서 그랬는지, 입에 마스크도 하지 않으셨던 것 같다. 논바닥에 발이 빠지고 벼가 한껏 자라 있었으니, 벼가 가슴 높이까지 올라왔을게다. 아버지는 점점 정신이 몽롱해지자, 농약에 중독되었다는 사실을 직감으로 알아차렸다. 그때 주변 들판에는 아무도 없었다. 아버지는 부근 방죽으로 이동하여 대충 몸을 물로 씻어내고는, 부리나케 집으로 달려오셨다. 그 경황없음에도, 분무기를 비롯한 농약 살포 관련 물품을 다 챙겨오셨다. 아버지는 다급한 목소리로, 농약 중독이니 빨리 병원으로 데려다 달라고 하셨다. 병원이 있는 시내까지는 15리길. 시골 마을에 차도 없던 시절이다. 부리나케 큰집으로 달려가선 도움을 청하였다. 아버지를 리어카에 태웠다. 백부님이 앞에서 리어카를 끌고, 나보다 세 살 위인 종형과 내가 뒤에서 밀었다. 동네를 벗어나 울퉁불퉁 시골 황톳길을 달렸다. 1번 국도에 접어들어서는, 달리는 속도가 한결 빨라졌다. 시외버스와 대형 트럭만 가끔 지날 뿐, 달리는 차도 거의 없었다. 리어카에 드러누운 상태의 아버지는, 점점 의식을 잃어가 급기야 혼수상태에 빠졌다. 파출소에 도착하여 근무 중인 경찰관에게 도움을 요청하였다. 지나가는 차량을 잡아 아버지를 옮겨 태우곤, 가까운 병원을 찾아나섰다. 옛 천안우체국과 한국전력 천안지점 중간쯤에 위치한 제일의원. 단층의 개인병원이었다. 당시 농약 중독환자 치료를 위한 제독기가 비치되어 있는 병원이 시내에 두 군덴가 있었는데, 천만다행으로 제일의원에 그 의료장비가 있었다.

아버지가 병원에 도착하였을 땐, 이미 어둠이 짙게 내려 있었다. 상태가 얼마나 다급했던지, 원장선생님이 수술장갑을 낄 겨를도 없었다. 코를 통해 흡입호스를 끼우는 통상적인 시술방법으로는 생존의 가망이 없다고 판단, 목 부위를 절개하였다. 기도에 구멍을 뚫고는, 폐 안으로 흡착관을 삽입하는 응급시술을 시도하였다.

아버지의 혼수상태는 밤새 이어졌고, 생사를 알 수 없는 불안과 초조의 시간도 덩달아 길어졌다. 뒤늦게 소식을 전해들은 마을 주민들이, 알음알음 밤늦게 병원으로 찾아왔다. 아버지의 용태를 확인하고는, 울음을 터뜨리는 분도 있었다.

서른아홉의 아버지로서는, 어린자식들을 남겨둔 채 쉽게 생을 포기할 수가 없었다. 의료진의 신속한 시술과 제독조치에 힘입어, 아버지는 다음날 새벽 서서히 의식을 회복하기 시작하였다. 열흘 가까이 입원치료를 받으시다가, 상태가 호전되어 퇴원하셨다. 그로부터 며칠 후, 상태가 다시 악화되는 바람에 부랴부랴 재입원하셨다. 일주일 정도의 재입원을 거쳐, 완치판정을 받고 퇴원하셨다. 아버지의 술버릇을 고쳐본다고, 원장선생님께 도움을 요청하였다. 원장님은 퇴원하는 아버지에게 주의사항을 일일이 고하면서, 맨 끝에 술 마시면 후유증으로 인한 부작용으로 큰일난다고 엄포를 놓으셨다. 이 대목에서 원장님은 목소리가 약간 떨리면서, 쿵쿵 몇 번인가 헛기침을 하셨다. 옆에서 이 모습을 지켜보던 나는, 표정관리를 못하고는 키득거렸다. 아버지는 의사선생님과 나의 얼굴을 번갈아 쳐다보면서, 의아한 표정을 지으셨다. 의사선생님의 경고와 신신당부는, 세 달도 못가여지없이 깨져버렸다. 술이 몸에 아무런 영향을 주지 않는다는 사실을 알아버린 아버지는, 이전의 주량을 금세 회복하였다. 하지만 술로 인한 가족들의 괴로움이나 고달픔 정도는 아무래도 괜찮았다. 아버지가 깨어나지 못하고 그때 돌아가셨다면, 집안은 여지없이 풍비박산 나고 말았을 것이기 때문이다.

아버지! 죽음의 문턱에서 기사회생 하셔서 가족의 품으로 돌아오심에, 감사하고 또 감사합니다.

VII

1971년에 나는 중학교에 진학하였다. 무시험 추첨제로 입시제도가 바뀐 첫해 대상자이다. 사람들은 '뺑뺑이 1회'라고 부른다. 뺑뺑이를 잘못 돌렸는지, 집에서 가장 멀리 떨어져 있는 중학교에 배정되었다. 예비소집하여 평가시험을 치렀다. 모두 여섯 개 학급인데, 이 시험 성적에 기초하여 우열반을 갈랐다. 우수반 두 개 반에 보통반 네 개. 다행히 우수반에 끼었다. 우열반 편성으로 인해 학생들의 수준에 따른 맞춤 내지 집중수업이 가능해졌다. 똑같은 과목이라도, 우열반에 따라 가르치는 선생님이 다르기도 했다. 다른 애들을 따라간다고 나름 노력은 해 보았으나, 개인적으로 사설과외 받는 녀석들이 많았다. 공휴일이나 여름방학에는 꼬박 농사일을 도와야 하는 나로서, 그들을 따라가기에는 아무래도 역부족이었다.

초등학교도 산길 논길을 걸어 10리길이었는데, 중학교에 입학하고는 통학거리가 15리로 늘어났다. 3월 한 달은 걸어서 다녔다. 어린 소년에게 하루 왕복 30리 길은, 만만하거나 호락호락한 거리는 아니었다. 하지만 그 시절에는 먼 거리 가까운 거리 불문하고, 다들 걸어다니는 것을 당연시 하였다. 시내버스도 없던 시절이었다. 4월이 되자, 아버지가 통학용 자전거를 사주셨다. 시내에 사시는 이모부님이 우리 마을에 논을 가지고 계시면서 직접 농사를 짓느라, 수시로 우리집에 오셨다. 그때마다 집에 자전거를 세워 놓으셨는데, 나는 틈날 때마다 무거운 짐자전거를 밖으로 끌고 나가 수없이 넘어져가며 자전거 타는 법을 배워 놓은 상태였다. 이모부님은 우리집에 오실 때마다, 꼬박꼬박 자전거 짐칸에 과자나 사탕봉지들을 매달고 오셨다. 그 시절 어른들은 '아리랑'이나 '파고다' 담배를 태우셨다. '풍년초'라는 이름의 쌈지 담배를 태우는 노인들도 없진 않았다.

자전거 통학을 시작하였으나, 숙달될 때까지는 다소 시간이 걸렸다. 사람들 사이로 자전거를 몰면서 커브를 돌다가, 어떤 아주머니와 부딪쳐 자전거와 함께 넘어지기도 하였다. 아주머니는 화를 내기는커녕, 웃는 얼굴로 오히려 넘어진 내가 괜찮은지 걱정해 주셨다.

아버지는 검소한 생활로 일관하셨다. 술을 좋아하고 술에 취해 남들과의 사이에 시비가 잦기는 하였으나, 기껏해야 주막에서 소주나 막걸리에 찌개 안주나 꽁치구이를 곁들인 수준이었다. 아버지는 자식들 교육을 위해, 부단히 재산을 축적하셨다. 남들이 흥청망청 버는 대로 입고 먹고 놀러 다닐 때도, 결코 흔들림이 없었다. 당신께서는 못배웠지만 자식들만은 능력껏 가르칠 계획 하에, 그 뒷받침을 위해 불철주야 노력을 아끼지 않으셨다.

동네에 전기가 들어오지 않던 시절에, 전기가 들어오던 옆동네 어느 분이 집에 앰프시설을 갖췄다. 우리 동네에까지 집집마다 스피커를 연결해 달았다. 스피커가 달린 집에서는 켜고 끌 수만 있었다. 어느 방송국의 어느 프로의 청취를 그때그때 자유로이 선택할 수는 없었다. 앰프시설을 갖춘 집에서, 나름 인기 있는 라디오 프로를 그때그때 적당히 골라 채널을 맞춰주었다. 이런 방식을 통해, 유행가 프로도 듣고 연속극도 청취하였다. 최정자와 최숙자가 인기 가수였고, 김영훈·고춘자의 만담과 김삿갓 북한 방랑기가 인기 프로였다. 이렇게 스피커를 통해 세상과 소통한 집들은, 한 달에 얼마씩 일정한 금액을 대가로 지불하였다.

그 시절 우리집에는 시계가 없었다. 모내기철이나 벼베기철에 들에서 일하는 일꾼들에게 밥을 내갈 시간을 맞추기 위해선, 시계가 있는 옆집으로 가서 시간을 알아봐야 했다. 그 집 마루에 면한 벽에는, 커다란 괘종시계가 걸려 있었다. 그 시계는 매 시각마다 시간 수대로 댕댕 소리를 울리며 종을 쳐댔다.

어느 핸가 크리스마스 무렵, 시내를 다녀온 아버지의 손에 사발시계가 들려 있었다. 이를 앉은뱅이 책상 위에 올려놓지 않았다. 안방의 동쪽 벽면에 시계를 얹어 놓기에 적당한 크기의 나무선반을 설치하곤, 그 위에 시계를 얹은 것이다. 우리집에 팔려 온 사발시계는, 탁상시계가 아니라 괘종시계급 대우를 받았던 것이다.

라디오는 1970년을 전후로 하여 구입했던 것으로 기억된다. 빨간색 플라스틱 케이스의 도시바 제품이었다. 디귿자를 오른쪽 위 방향으로 90도 꺾어 세워놓은 형태의 손잡이가 달려 있어, 들고 다니기에도 편했다. 음질도 깨끗하여, 들로 일하며 다니면서도 늘 갖고 다녔다.

초등학교 시절에는 학년 초마다, 가정환경조사라는 명목 하에 부모의 학력과 재산보유관계 등을 상세하니 조사하였다. 가진 것 없는 우리집 형편에, 나로서는 조사 때마다 이래저래 주눅

아버지의 기침소리가 새벽을 깨우고

이 들곤 하였다. 우리집에선 냉장고와 TV도 1970년대 중반 이후 들여놓았다. 당시에는 TV 수신용 안테나를 지붕 위로 10미터 정도 높이로 세웠는데, 우리집이 TV 수상기를 들여놨을 땐 동네의 웬만한 집들은 이미 다 들여놓은 상태였다.

아버지는 틈날 때마다 냉장고 안의 얼음을 꺼내 오독오독 씹어드시길 즐겨하셨다. 이는 훗날 치아손상의 주된 원인으로 작용하였다. 냉장고를 놓을 공간이 여의치 아니하여, 마루 한켠에 덩그마니 세워놓았다. 어른들이 일하러 들판에 나가 집을 비울 때면, 동네의 개구쟁이들이 집 안으로 들어와 냉장고 속 이런저런 음식들을 꺼내 먹었다고 한다.

VIII

1972년 1월 30일, 조부께서 갑자기 돌아가셨다. 돌아가신 다음 날에는, 겨울철임에도 억수같이 비가 내렸다. 2월 1일이 개학일인데, 그 날 장례를 치르느라 학교에 가지 못하였다. 장지는 아버지가 이전에 사들인 임야로 정해졌다. 조부께서 생전에 묘자리를 봐 두시고, 그 주변으로 소나무도 심어 기르셨다. 마을

뒤편 서북쪽 구릉에 모셔져 있던 할머님의 묘소가 파묘되어, 두 분 내외가 합장되었다. 할아버님은 50세에 홀로 되셨다가, 72세를 일기로 생을 마감하셨다. 할아버지와 아버지의 외모가 비슷하다. 그러고 보니, 나도 나이가 들어갈수록 두 분을 닮아가고 있다. 조부께서는 성격이 꼬장꼬장 하시고, 또 직설적이셨다. 할아버님은 생전 오랜기간에 걸쳐, 쑥을 말려선 전통비법에 따라 가공처리하여 훈제약품을 조제하셨다. 약품에 불을 붙여 그 연기를 짓무르고 헐은 환부에 쏘여, 이런저런 피부병을 치료하셨다. 소문이 퍼져 전국 곳곳에서 사람들이 찾아왔다. 직접 치료를 받거나 조제약품을 사갔다.

할아버지 묘소가 설치된 이후, 아버지는 묘소관리에 심혈을 기울였다. 원래 비석과 상석도 설치할 생각이었는데, 풍수상 지형이 거미형이라 묘소에 무거운 것들을 얹으면 안 좋다는 사실을 아신 후 단념하셨다. 아버지는 수시로 묘소 벌초를 하여, 항시 단정한 상태를 유지시켰다. 마을 어른들 중에는, 아버지가 할아버지 묘소를 잘 골라 쓰고 지극정성으로 관리한 덕택으로 아들을 사법시험에 합격시켰다고 말하는 분들도 있었다. 1990년대 중반에 이르러 고향마을 일대가 토지구획 정리사업으로 개발되는 바람에, 조부모 묘소도 이장할 수밖에 없었다.

진천군과의 경계 부근에 있는 동면의 임야로 이장하여 모셨다. 위 임야는 종형 소유다.

조부 돌아가신 후, 바깥채를 새로 지었다. 안채는 새마을사업의 일환으로 이미 초가지붕이 기와지붕으로 개량된 상태였다. 흙담도 블록담으로 교체되어 있었는데, 여름철 울 밑에선 붉게 핀 봉숭아가 자라고 있었다. 마음먹은 대로 네모 반듯하게 집을 짓기 위해서는, 이웃집 소유 토지가 몇 평 꼭 필요한 상황이었다. 그 댁 며느님이 시아버지를 설득하여, 토지 일부를 우리 집 바깥채가 깔고 앉는 것을 양해해 주었다. 저녁녘 마을주민들이 삼삼오오 모여들어선, 큰 돌을 새끼줄을 여러 겹 꼬아 만든 밧줄로 묶었다. 사방으로 펼쳐진 밧줄마다 여러 명씩 달라붙어선, 영차영차 구령을 넣어가며 돌을 들었다 놨다 해가면서 집터 다지기 작업을 하였다. 집의 설계와 건축을, 바깥마당 한켠에 공동우물이 있는 주 씨 댁 영감님이 맡아주셨다. 영감님은 몇 해 전 본채 봉당 자리에 마루를 놓는 작업도 맡아 하신 적이 있었다.

기둥을 세우고 흙벽돌을 쌓고, 문과 창문이 설치되었다. 대들보가 걸리고 상량문도 게시되었다. 서까래와 지붕이 틀이 잡히고 나서, 기와를 올리는 작업이 이어졌다. 동네 어른 한분이 이 집 애들이 장차 크게 될 것이라고 말씀하셨다. 물론 덕담이긴 하였으나, 나는 괜시리 기분이 좋았다. 동생과 함께 쓸 수 있는 공부방이 새로이 만들어지고 있었기 때문에, 그렇지 않아도 한껏 들떠 있던 나였다.

바깥채는 본채의 서쪽에 본채와 나란하니, 남북 방향으로 길게 방과 부엌, 그리고 곡물 보관창고가 자리잡았다. 방과 기역자로 이어진 남향으로는, 대문과 외양간이 들어앉았다. 나무재질의 대문은 크고 근사했다. 은색 꽃잎 문양 장식들이 가로 방향으로 줄 맞춰 부착되었다. 양쪽으로 여닫게 되어 있었다. 부엌 위로 지붕과의 사이 공간에는, 방안에서 나무 계단을 통해 올라갈 수 있는 다락이 만들어졌다. 방과는 대문에서 이어지는 출입공간을 사이에 두고, 외양간이 자리하게 되었다. 밤에 방 안에 앉아 있으면, 창호지를 바른 문을 통해 어미소가 되새김질을 하거나 콧김을 내뿜는 소리가 그대로 전달되었다.

훗날 아내와 결혼할 즈음에, 곡물 보관창고 자리에 새로운 방이 설치되었다. 그곳 작고 허름한 방에서 우리 부부의 신혼생활이 시작되었다. 하지만 안타깝게도, 신랑을 놓쳐버린 새댁은 혼자 자는 날이 허다했다. 남편이 고시 합격을 위해 산골 구석에

처박힌 채 한껏 분투하고 있었기 때문이다.

IX

아버지는 할머님이 오랜기간 동안 투병하시는 바람에, 어머니의 사랑을 제대로 받아보지도 못한 채 어린 나이에 몸소 생활전선에 뛰어들어야 했다. 빨래하고, 밥하고, 농사일하고……. 결국 나이 열여덟에 모친을 여의고는, 한없는 절망의 나락으로 떨어졌다. 그 바람에 학교도 수시로 빠질 수밖에 없었고, 끝내 초등학교 졸업장조차도 받을 수 없었다. 이 같은 어릴 적 성장 환경으로 인해, 피해의식이 큰 상태와 그로 인한 콤플렉스가 일상화 되었다. 상대방에 대한 이해와 배려보다는, 부정과 반항으로 흘러가기 십상인 모난 성격이 형성되기에 이르렀다. 권위에 대한 인정과 복종보다는, 비판과 투쟁을 우선시 하는 독선적인 성격이 배태되었다.

아버지는 청년시절부터, 반골에 골수야당 당원이었다. 정당별로 '동책'이라고 하여, 자연부락별로 책임자가 있었다. 민주당과 그 이후 신민당의 우리동네 동책이 아버지였다. 이웃동네인

'마름물'의 동책은 친구아버지이기도 했던 이태영 어르신이었다. 아랫동네인 '새술막'에도 천주교인인 한분이 계셨는데, 이름이 영 기억나지 않는다. 얼굴모습만 기억난다. 정보기관의 감시와 회유·협박에도, 아버지는 전혀 꺾이지 않았다. 김지하 시인의 「오적」이 게재된 '민주전선'을 수북하니 받아와 주변에 뿌렸다. 어린 나이의 나로서도, 그런 활동을 전개하는 모습의 아버지가 창피하거나 부끄럽지 않았다.

1967년 대통령선거가 있었다. 박정희와 윤보선의 두 번째 맞대결이었다. 박기출 등 군소정당 후보들도 있었지만, 카이젤수염의 무소속 후보였던 진복기가 더 인기가 있었다. 그는 대통령선거 때마다 등장하는 단골 후보였다. 마이크가 설치된 작은 트럭에 몸을 싣고는 전국을 유세하였다. 선거벽보 곁을 지나는 아이들은 합창하였다. "윤이 난다 윤보선! 또 나왔다. 진복기!"

1·21사태와 울진·삼척 무장공비 침투사건이 발생하였을 당시, 아버지를 비롯한 동네 어른들이 삼삼오오 둘러 앉아 시국을 걱정하던 모습도 눈에 선하다. 향토예비군이 창설되고, 동네 어른들이 각자 깎아만든 목총을 들고는 부근에 있는 학교 운동장으로 훈련을 받으러 다니던 것도 그 무렵의 일이었다. 북의 김일성 주석이 남한을 점령한 후 서울에서 회갑잔치를 한다는 소문

에, 민심이 마냥 뒤숭숭하였다. 삼선개헌을 거쳐 1971년에 대통령 선거가 실시되었다. 야당 후보 김대중이 백만표 차이론가 낙선하였다. 동네 어른들은 뒤숭숭한 시류 속에서 이런 걱정 저런 궁리를 해 가면서도, 기회만 있으면 술 마시며 잘도 놀았다. 농번기 불문하고 비라도 오는 날이면, 동네 어른들은 우리집으로 꾸역꾸역 몰려들었다. 동네에 술을 파는 가게가 아예 없었을 뿐 아니라, 우리집에는 항상 소주병이 궤짝째로 쟁여 있었기 때문이었다.

그 중에는 일제강점기 징용 갔다 온 분들도 여럿이었다. 당시 천안·평택지역에서는 웃다리 농악이 한창 흥행하고 있었고, 이 같은 농악은 우리 동네에까지 보급되어 있었다. 꽹과리·징·장구·북과 농악에 필요한 비품과 의상들이 동네 한 켠 팽나무 집 부근 창고에 보관되어 있었다. 어른들은 이곳 악기들을 꺼내 와 두들기고 쳐 가면서, 춤추고 또 노래를 불렀다. 그 중간중간에 추임새를 넣듯, 술잔의 술을 입 안으로 털어넣었다. 왁자한 풍악소리는 담장 너머 온 동네로 퍼져나갔고, 이 같은 광태는 날이 어두워지고 나서야 겨우 마무리되었다. 객들이 떠나고 난 우리 집에는 담배연기 자욱한 방에 빈 술병들이 나뒹굴고 있었다. 그 시절 그렇게 아버지와 함께 어울렸던 분들이 세월이 흘러 노인이 되어갔고, 지금은 다들 저세상으로 가시고 또 아버지도 가셨다.

아버지보다 나이 어린 이오섭 아저씨도 술 깨나 좋아하셨다. 밭일을 위해 소와 쟁기를 빌리고 일꾼도 샀다. 아주머니가 점심밥 광주리를 머리에 이고 밭에 나가보니, 남편과 일꾼이 술에 취해 둘 다 밭고랑에 쓰러져 땡볕 아래 잠들어 있었단다. 일소는 영문도 모른 채, 밭 한가운데서 멍에를 멘 상태로 멀거니 서서는 되새김질을 하고 있더라나. 그 아저씨는 결국 술로 인해, 아버지보다도 십년 쯤 먼저 저세상으로 가셨다.

1971년 세모에 남북적십자회담이 열렸고, 1972년에 접어들면서 느닷없이 남북화해무드가 조성되었다. 중앙정보부장 이후락과 북의 김영주가 7·4남북공동성명을 발표하니, 우리 마을 어른들 역시 통일에 대한 기대로 한껏 부풀었다. 당시 대한적십자사 총재는 최두선이었다. 10월 어느 날 저녁 5시 무렵, 기습적·전격적으로 비상계엄이 선포되었다. 국회가 그날부로 해산되고, 이후 일체의 정치활동이 금지되었다. 이른바 10월 유신. 이전에는 들어보지도 못한 통일주체국민회의를 만들어, 거기에서 대통령을 뽑겠다는 구상이 잇따라 발표되었다.

아버지의 기침소리가 새벽을 깨우고

유신헌법에 대한 찬반국민투표를 앞두고, 교사들은 학생들 부모의 정치성향을 일일이 조사하였다. 내가 어리석었던지, 아버지의 정치성향에 대해 꼬치꼬치 캐묻는 담임선생의 집요한 질문 앞에, 나는 숨기지 않고 있는 그대로 술술 대답을 이어갔다. 담임은 내가 부는 대로, 조사 보고서의 항목란을 채워나갔다. 나는 그날 학교에서 일어났던 일을, 집으로 돌아가서 아버지께 끝내 말씀드리지 않았다.

미술선생님은 수업시간에 학생들을 상대로 10월 유신을 홍보하면서, 이를 주제로 한 포스터를 그리라는 과제를 내주었다. 국가발전과 민족중흥의 길이냐 아니면 국가 패망의 길이냐의 선택의 기로를 잘 표현해야 하는 것이 요령이었다. 선생님은 내가 그려 제출한 포스터를 교탁에 펼쳐 보이면서, 우수작이라고 칭찬하였다. 미술 실기점수가 수였던가. 학년 말에 과목별 성적이 적혀 있는 통지표를 아버지께 보여드렸다. 전 학기에 비해 미술점수가 쑥 올라갔다며 좋아하셨다. 아버지는 그 이유에 대해서까지는 묻지 않으셨다. 자초지종을 아셨다면, 어떤 반응을 보이셨을지 궁금하기도 하다.

삼선개헌 후 치러진 대통령선거 당시, 야당후보 김대중은 선거유세를 통해 사자후를 토해냈다. 이번 선거에서 국민들이 박

정회 후보를 다시 대통령으로 당선시킨다면, 그는 조만간 이 땅에 총통제를 도입하여 영구집권을 시도할 것이다. 10월 유신체제가 등장함으로써, 결국 그의 예언과 경고가 현실이 되어버렸던 것이다. 이렇게 이 땅에서 1970년대의 음울한 정치 암흑기가 시작되었다.

X

어느 추운 겨울날 늦은 오후, 노루 꼬리 같은 겨울해도 서쪽으로 이울 시간이었다. 밖에서 거나하게 취할 정도로 술을 드시고 귀가한 아버지는, 방 안 아랫목에서 꼼지락대고 있는 나와 동생을 밖으로 불러냈다. 아버지는 형제를 뒷마당으로 데려가선 동쪽 방향으로 나란히 세웠다. 그리고는 구릉 너머 능선 상에 위치한 할아버님 산소를 손으로 가리켜 가면서 일장훈시를 하셨다. 가문의 뿌리, 조상숭배의 중요성, 후손들이 이어받아야 할 정신과 각자 해야 할 역할 등에 대한 말씀이 끝이 없었다. 아마도 아버지는 한껏 뻗친 술기운에 추운 줄 모르셨을 것이다. 하지만 겉옷을 걸칠 새도 없이 딸려나와 대책 없이 한겨울 저녁 추위에 노출된 어린 자식들의 입장에서는, 순간순간이 그야말로 고역이었다.

아버지는 이런저런 방식으로, 자식들에 대한 가정교육에 나름대로 신경을 쓰셨다. 착하고 바른 사람이 되라고 늘 말씀하셨다. 아버지는 술에 대한 욕심이 유달리 많으셨고, 또 취하면 주변사람들과 이런저런 이유로 다툼을 야기하여, 그로 인해 가족들의 속을 무던히도 썩이기는 하였다.

하지만 아버지의 큰아들인 내가 아는 한, 젊은 시절의 나의 아버지는 진취적이고 미래지향적이었다. 도전 내지 개척정신 또한 유달리 강하셨다. 게다가 부지런함과 검소함은 몸 속 깊이 뿌리박혀 있을 정도로, 타고난 천부의 성품이었다.

중학교 2학년 겨울방학쯤이었던가. 나는 영어회화 공부하는 데 녹음기가 필요하다면서, 이를 사주면 좋겠다는 말씀을 아버지께 드렸다. 이를 몇 번 거론하면서도, 정작 큰 기대는 하지도 않았다. 나의 아버지는 하얀 눈이 소복히 내린 어느 날 아침, 녹음기를 사러 함께 시내로 나가자고 말씀하신다.

당시는 워크맨이니 뭐니 하는 작고 깜찍한 디자인의 카세트가 출시되기 훨씬 이전이었다. 아버지는 녹음기 구입에 도움을 받기 위해, 나의 이종사촌 매형을 불러냈다. 그는 과거 경기도에 소재한 미군부대에 근무한 경력이 있었다. 시내에 있는 전자제품 대리점 몇 군데를 들렀으나, 국산 제품으로서 마땅한 것이 없었다. 녹음기가 대중화되기 전이었고, 녹음기라는 기계 자체가 일반 서민들에겐 생소하던 시절이었다. 결국 셋이서 발길을 돌려 전파사를 뒤진 끝에, 미군부대에서 흘러나온 것으로 보이는 중고의 미제 카세트 녹음기를 손에 넣을 수 있었다.

그 이후 이 녹음기는 아버지의 뜻과는 달리, 나의 영어공부에 사용되기 보다는 카세트 테이프를 돌려 그 안에 수록된 노래들을 듣는데 자주 활용되었다. 우리집에 녹음기가 있다는 사실을 알아낸 동네 아줌마들이, 엉뚱한 부탁을 해오기 시작하였다. 노래를 배우고 싶은데 가사를 정확히 모르겠으니, 노래 가사를 적어달란다. 마음씨 착한 나는 차마 이 같은 부탁을 거절할 수 없었다. 노래가 삽입된 카세트 테이프를 쟁이고선, 구간구간 반복하여 재생시켜가며 가사를 채록하였다. 이를 종이에 매끈하게 옮겨 적어, 아줌마들에게 배달하였다. 나는 한동안 이 짓을 해가면서도, 아버지가 큰맘 먹고 이 기계를 사주신 것은 결코 이런 뜻이 아니었다고 후회해 가면서, 아버지에 대해 한없는 송구스러움을 가져야만 했다.

1973년 12월쯤엔가, 고등학교 입학시험이 있었다. 인문계

사립학교에 원서를 내고, 시험날 아버지와 함께 걸어서 시험을 보러 갔다. 지원한 고등학교는 그간 내가 다닌 중학교와 같은 재단의 학교로, 두 학교가 한울타리 안에 있었다. 나로서는 시험보는데 모든 게 익숙함에도, 아버지는 나에게 용기를 주고 또 가까이에서 격려해 주기 위해 굳이 학교에까지 따라오신 것이다. 아버지는 내가 시험을 끝내고 시험장 밖으로 나오는 늦은 오후 시간대까지, 줄곧 학교 구내에 머물렀다. 시험을 끝낸 나는, 갈 때와 마찬가지로 터벅터벅 들길과 산길을 걸어서 집으로 돌아왔다. 아버지는 나의 중학교 생활 3년 동안 학교를 찾아오신 적이, 입학식과 졸업식 빼고는 단 한번도 없는 분이셨다. 하지만 사랑하고 아끼는 자식의 상급학교 진학에의 열망은, 이처럼 대단하셨다. 나의 아버지처럼 학부모가 단 한번도 얼굴을 내비치지 않더라도, 그때의 선생님들은 차별 없이 열과 성을 다해 학생들을 가르쳤다. 그 시절 많은 부모들이 희망하였듯, 나의 아버지도 아들이 장차 사범대학에 진학하여 훌륭한 영어교사가 되기를 강력히 바라셨다. 몇 년 후, 나는 아버지의 이 같은 바램을 어기고는 법대에 진학하였다. 그리고는 한술 더 떠, 겁도 없이 당돌하게도 험난한 고시공부에의 길로 들어서 버렸다. 아버지의 소박한 희망을 거역한 것이 잘한 짓인지, 못한 짓인지?

나는 대학 입학시험을 한 달 사이에 두 번 치렀는데, 두 번 다 아버지와 함께 고속버스를 타고 서울로 올라갔다. 그때마다 응시대학 부근에 여관방을 정하곤, 하룻밤을 묵어가면서 입학시험을 치렀다. 좀 창피한 얘기가 되겠지만, 그때 입학시험 치러 간 것이 내 생애 첫 서울 나들이였다.

앞서 말했듯 진취적이고 미래지향적인 나의 아버지가, 왜 나로 하여금 좀 더 일찍 세상 넓음을 직접 경험하고 그럼으로써 호연지기를 키울 수 있는 기회를 안 주셨는지 다소 의아하다. 그렇다고 그런 사소한 것 때문에 아버지를 원망하기에는 너무 염치가 없다. 서울에 살고 있는 아버지의 둘째 외숙모님과 외사촌 동생 부부가 일 년이면 두세 번 큰집이 있는 우리 동네를 찾아왔고, 그 때마다 어김없이 우리집을 찾으셨다. 어린 내가 그분들께 인사를 드리면 머리를 쓰다듬어 주면서, 시골 학생이 서울 사는 학생들보다 훨씬 더 서울사람 같다며 칭찬하곤 하였다. 그래서 나는 이런 말을 듣고는, 서울 애들을 본 적은 없지만 그녀석들에게 결코 꿀릴 건 없다고 나 스스로를 다독였다. 또 이 같은 칭찬에 힘을 얻어, 서울 한번 못 가본 촌놈으로서의 꾀죄죄한 신세를 위안 삼았다.

여하튼, 아버지의 관심과 응원에 힘입어 고교 입학시험에 여유 있게 합격하였다. 360명 정원에 100등 안쪽에 속하는 순위였다. 고등학교 입학년도로부터 정확히 10년 후, 나는 사법시험 2차 시험을 치렀다. 시험 나흘 내내 아내가 점심 도시락을 시험장으로 날라가며, 수발하고 또 응원해 주었다. 시험장소는 서대문구에 있는 경기대학교였고, 숙소는 종로구 필운동에 있는 아내의 셋째 외삼촌댁 부근의 여관이었다. 나는 여관방에서 밤을 새워 책을 뒤적거렸고, 처는 외삼촌댁에서 밥을 지어 시험장으로 날랐다. 아내의 기원과 열망에 힘입어 결과는 합격. 300명 최종 합격자 중 49등의 성적. 아버지! 당신 큰며느리의 정성과 내공이 당신 못지 않죠?

XI

아버지는 나에게 공부하란 말씀을 평생 거의 하지 않으셨다. 그저 옆에서 묵묵히 지켜보실 뿐이었다. 자식의 앞날을 내다보면서, 장차 소요될 교육비 비축을 위해 우직하게 일하셨다. 나 또한 아버지의 눈 밖에 크게 벗어나거나 거스르는 처신을 하지 않았다. 어린 나이에도, 매사를 스스로 알아서 행하였다. 사춘기에 접어든 이후 나는 말없는 아이, 늘 공상과 사색에 잠긴 아이, 책상 앞에 앉아 책을 즐겨 읽는 아이가 되어 있었다.

　중학교 같은 반 아이들 중에는, 학교 수업 이외에 개별적으로 과외를 받는 집 아이들이 여럿 있었다. 하지만 아버지나 나의 입장에서 과외지도를 받는다는 것은, 어느모로 보나 분수에 넘치는 일이자 사치였다. 아버지는 내가 필요하다고 얘기하는 참고서까지는 두말없이 사주셨다. 그것 이외에 교양을 함양하기 위한 책들까지는 생각하지 않으셨다. 교과서와 참고서만으로도 얼마든지 공부할 수 있다는 신조를 가지셨던 것 같다. 학생들에게 교과서에 수록되어 있는 내용을 똑 떨어지게 가르치는 국어 선생님이 계셨는데, 당시 그분은 총각선생님이었다. 선생님은 의욕이 넘쳐, 학생들에게 「한국단편소설 선집」 중 1·2권을 사서 각자 읽고 수록작품들에 관해 토론해 보자는 제안을 하셨다. 이효석·김유정·나도향·현진건 등 작가들의 주옥같은 작품이 수록되어 있었다. 새벽 밭갈이를 끝내고는 지게에 쟁기를 얹어 소를 끌고 집으로 돌아오시는 아버지를 마중 나가, 이 같은 상황 내지 사정을 말씀드렸다. 이에 대한 아버지의 반응은 교과서에 참고서면 충분하지, 학교 수업에 웬 소설책까지 필요하냐는 것이었다. 자청하여 학생들에게 심층수업을 하겠다는 선생님의 고마운 뜻도 모르고 이렇게 말씀하시는 아버지가, 나로서는 야속하기만 하였다. 하지만 그 다음날 아침엔가, 아버지는 쓸데없는(?) 소설책 살 돈을 나의 손에 쥐어 주셨다.

고향마을에서 조금 떨어진 곳에 위치한 외딴 집에, 가족들을 북한에 남겨둔 채 홀홀단신 월남해 온 나이 드신 목사님이 계셨다. 6·25전쟁이 끝난 지도 20년이 다 돼가던 그때까지도, 목사님은 혼자 생활하고 있었다. 김종규 목사님. 그에게는 사목하는 교회도 없었다. 낡은 짐자전거에, 붓글씨로 적어내린 마분지 찬송가 두루마리와 이런저런 성경관련 팜플렛이나 얇은 책자를 싣고는 시내거리나 시골마을을 가리지 않고 찾아다니면서 전도하였다. 그분에게, 시골마을 어린이들은 좋은 전도대상이었다. 찬송가가 적힌 두루마리를 적당히 걸쳐 펼쳐놓고는 찬송가를 함께 부르고, 예수님과 천국과 관련한 이런저런 내용의 설교를 하였다. 김 목사님은, 매주 토요일마다 오후 느지막이 나의 집으로 찾아오셨다. 내가 중학교 3학년이었던 무렵부터 고등학교 2학년 때까지, 눈이 오나 비가 오나 방문하여 영어를 가르쳐 주셨다. 틈틈이 성경공부도 하고, 서예와 '가르방' 인쇄 글씨 쓰는 법도 지도해 주셨다. 원래는 나보다 세 살 위인 큰집의 종형과 공부인연을 맺었었는데, 자연스레 나에게까지 이어졌던 것이다.

공부 중간에 저녁식사를 하였다. 늘 나와 목사님이 겸상하여 밥을 먹었다. 평소 혼자 식사를 해결해야만 하는 형편이라서 그런지, 그분은 밥그릇 위로 수북히 얹은 고봉밥을 이런저런 반찬을 곁들여 싹싹 비우셨다. 식사 후 다시 한 시간 쯤의 수업을 마치고 나면, 목사님은 대문을 나서선 어두운 밤길을 걸어 집으로 돌아가셨다. 항시 하시던 작별인사말이 "굿 나잇!" 집에서 따로 이 월사금을 드리는 것도 아니었지만, 목사님은 나를 열심히 지도해 주셨다. 내가 인생의 방향을 정해 하나하나 성취해 가는 과정에서 많은, 그리고 중요한 영향을 끼친 분이셨다. 김 목사님은, 그 당시 우리집안 형편에서 볼 때 맞춤한 과외 선생님이셨다. 여름방학 미술과제로서 숲과 나무, 그리고 그곳에 서 있는 사슴 한 쌍을 그린 적이 있다. 이 그림을 보신 목사님이, 의자에 앉은 채 큰 웃음소리와 함께 너털 웃음을 짓는 것이었다. 무엇이 잘못되었을까? 아뿔싸! 내가 사슴에 말 꼬리를 그려 넣는 실수를 저질렀던 것이다. 그것도 두 마리씩이나……. 그날 목사님의 파안대소하던 모습이 지금도 생생하다.

목사님은 그 후 세월이 흘러 내가 사법시험에 최종 합격 하였을 때도, 직접 집으로 찾아오셔서 축하해 주셨다. 함박웃음을 지으시며, 정말 대단한 일을 해냈다고 칭찬해 주셨다. 그분은 사법시험 대신 고등문관시험이라는 표현을 하였다. 그로부터 몇 년 후 목사님은 갑자기 쓰러져 결국 운명하셨고, 시립공원묘지에 안장되었다. 안타깝게도 현재는 공원묘지도 없어지고, 그 자리에는 대형 고층아파트 타운이 들어서 있다. 김 목사님의 자취는 이제 이 세상 어디에도 없게 되었다.

XII

아버지는 술을 드시고 기분이 좋으시면, 그때마다 노래를 부르셨다. 감정이 북받치기라도 하면 눈물을 보이셨다. 흔치는 않았지만, 감정이 극도로 격해져서 스스로 주체할 수 없게 되는 경우에는 엉엉 우는 사태에까지 나아가기도 하였다. 옆집에까지 들릴 정도로 울음소리가 커질 경우에는, 솔직히 말해 창피한 생각이 들기도 하였다. 아버지의 어린시절의 애환과 설움을 이해하지 않고서는, 아버지의 이러한 괴벽을 쉽사리 받아들일 수가 없을 것이다. 사실 나는 남자가 찔찔 눈물 흘리는 것을 곱게 보아줄 수가 없다. 말만 근사하니 행동은 영 딴판인 정치인들의 흔

해빠진 가식의 눈물을 보고 있노라면, 솔직히 메스꺼움을 넘어 구역질이 날 지경이다.

아버지의 대표적인 애창곡 중 하나인「물새야 왜 우느냐」.

물새야 왜 우느냐

유수같은 세월을 원망 말아라

인생도 한번 가면 다시 못 오는

뜬 세상 남은 거란 청산 뿐이다

아~ 아~ 아~

물새야 울지를 마라

아버지가 생전에 즐겨 불렀던 또 한곡을 들라면,「가슴 아프게」.

당신과 나 사이에

저 바다가 없었다면

쓰라린 이별만은

없었을 것을

해저문 부두에서

아버지의 기침소리가 새벽을 깨우고

떠나가는 연락선을
가슴 아프게 가슴 아프게
바라보지 않았으리
갈매기도 내 마음 같이
목 메어 운다

아버지의 인생 설움을 실감나게 반영한 노래라면, 단연 「불효자는 웁니다」.

불러봐도 울어봐도
못 오실 어머님을
원통해 불러보고
땅을 치며 통곡해요
다시 못 올 어머니여
불초한 이 자식은
생전에 지은 죄를
엎드려 빕니다

나보다 세 살 아래인 동생이 아버지가 생전에 즐겨 부르시던

「불효자는 웁니다」에 인이 박혔는지, 어디가서 노래 부를 기회
가 주어질 때면 이 노래를 부른다. 하도 자주 부르다 보니, 계수
씨가 질려버린 모양이다. 삼십 년 결혼 생활에 부부간 주도권
이 많이 넘어갔는지, 불평을 넘어 면박 수준에까지 다다른 모
양이다. "부를 노래가 그렇게도 없어서, 허구헌날 불효자는 웁
니다요?"

* * *

아버지!
그리운 그 이름 불러봅니다.
눈 감으면 아버지의 이목구비 자태가 눈에 선한데,
엊그제까지도 나의 곁에 계셨던 것 같은데,
부르면 마른기침 앞장 세우고
금방이라도 웃는 얼굴로
대문 열고 집 안으로 성큼 들어서실 것만 같은데,
아버지는 이제 더 이상 이 세상에
계시지 않사옵니다.

아버지는 일제 치하 임신년에

이 세상에 태어나

불운과 고난의 어린시절을 겪으셨죠.

할머님의 병환으로 인해

학교 교육도 제대로 받을 새 없이,

밥 짓고 빨래하고

또 농사일 거드느라

날로 심신이 지쳐갔지요.

없는 살림에도

자식들만은 제대로 교육시켜

당신의 못 배운 한을 풀어보자고,

불철주야 농사일에 매진하셨죠.

색 바랜 할아버지 회갑연 흑백사진 속

젊은 아버지 두루마기 품에 안겨 있는

재롱둥이 저의 어린 모습 속에

아버지의 어린 아들에 대한

애정이 담뿍 깃들어 있지요.

아버지는 텃세와 불의와 부정 앞에

굽히는 법이 결코 없으셨죠.

비록 꺾이고 부서지는 한이 있더라도

추호도 비굴하게 처신하지 않았지요.

아집과 독선적인 성향이 없었던 것도 아니고

무례와 반항으로 흐른 적도 없지않아 있었지만,

나의 아버지는

진취적이었고 도전적이었으며,

또 승부욕도 대단하셨습니다.

배짱과 용기도 있으셨습니다.

그 중에서

세상 사람들이 가장 본받아야 할 덕목은,

뭐니뭐니 해도

타고난 부지런함과 검소함일겝니다.

병신(丙申)년 동짓달

아버지 돌아가셔서

장례 치르던 날 발인 즈음,

펑펑 함박눈이 쏟아져
온 천지를 하얗게 덮었습니다.
운구차량은 하얀 눈길을 달려
동곡(東谷)으로 향하였고,
비록 잠깐 동안이긴 하였으나
아버지를 꽃상여에 태워드리기도 하였죠.

아버지를 동곡에 모신 이후
어느새 삼 년이란 세월이 훌쩍 흘러갔지요.
여름이면 하얀색 보랏빛 도라지 꽃들이
봉분 앞을 예쁘장하니 단장해 주고,
선비 닮은 배롱나무들 붉은 꽃망울들이 벙글어
선영을 포근히 감싸주노니,
한껏 주변 운치를 더해주고 있네요.

그리운 아버지!
보고 싶은 아버지!
나이 들어 갈수록 점점 더
아버지 얼굴을 닮아 감은,

아버지가 생전에 저를 사랑했음의 징표입니까?

아니면 저의 아버지에 대한 그리움이

날이 갈수록 깊어져가는 까닭입니까?

그립고 보고 싶은 나의 아버지!

봄 여름 가을, 그리고 겨울

-2019 일상의 기록-

1월

• **여행:** 아내와 함께 4일부터 13일까지 멕시코와 쿠바를 여행하
다. 4일은 음력으로 11월 29일, 나의 60회 생일이다. 시차 관
계로 생일의 기쁨(?)을 36시간씩이나 누리다.

• **문화:** 14일(월) 21:10, 아내와 함께 두정동 소재 메가박스에서 영
화 「LETO(빅토르 최)」 보다.

• **모임, 교우:** 19일(토) 18:00 유량동 소재 봉평장터에서 있은 수

요회 모임에 아내와 함께 참석하다.

20일(일) 12:00 매당(梅堂) 이명규, 청당(靑堂) 송준범 형 아내 들까지 세 가족이 부부동반으로 청당동에 있는 홍익궁중 육개 장에서 만나 담소하며 식사하다. 막걸리 몇 사발을 연거푸 들 이켜다.

23일(수) 18:00 좋은 친구들 박만규 원장, 이종익 의원, 정수용 사범 등 4인이 청당동 소재 이자카야 법원점에서 만나 퓨전일 식을 즐기며 담소를 나누다. 옆 건물로 자리를 옮겨 맥주 몇잔 하고는, 체 게바라 베레모를 쓰고 거리를 활보하여 귀가하다. 위 세사람은 치과의사, 전직 시의원, 복싱선수 출신 지도자.

- **이발:** 13일(일)과 30일(수) 저녁, 남자의 품격(남성전용 미용실)에 서 이발하다. 두 번 다 아내가 함께 따라가 주어, 여성 미용사 들과의 어색함을 해결해 주다. 컷트비용 6,000원.

- **운동:** 한 달 간 러닝머신(트레드 밀) 달린 거리를 합쳐보니, 일 곱 번에 걸쳐 도합 36*km*.

- **독서:** 한 달 동안 읽은 책은, 「태양은 다시 떠오른다」(어니스트

아버지의 기침소리가 새벽을 깨우고

헤밍웨이), 「스페인 내전-우리가 그곳에 있었다-」(애덤 호크실드), 「노인과 바다」(헤밍웨이), 「인형의 집」(헨리크 입센), 「카탈로니아 찬가」(조지 오웰), 「인간실격」(다자이 오사무).

2월

• **선영관리, 농사:** 2일(토) 오후, 아내와 함께 동곡(東谷) 선영(부친 묘소) 참배하다.
23일(토), 아내와 함께 선영 환경정비 작업하고, 완두콩 심다.

• **출판:** 8일(금), 「황하의 물은 어디에서 오는가」 원고를 영화출판사에 송고하다.

• 16일(토) 18:00, 아내와 함께 천안박물관 경내에서, 천안시가 주관하는 정월대보름 맞이 달집태우기 행사를 지켜보다. 동편 흑성산 능선 위로 떠오른 보름달을 올려다보며 한 해의 소원을 빌다. 행사에 참여한, 이른바 '정치한다는' 이들과 마주치지 않기 위해 신경을 쓰다.

- **등산**: 17일(일), 아내와 함께 흑성산 등산을 하다. 11:30 독립기념관 서측 출입문을 출발하여, 단풍나무길을 거쳐 서측 능선코스를 타고 올라 전망대에 도착하다. 그곳에 설치된 데크에 자리를 잡고 앉아 발 아래 펼쳐지는 주변 풍광을 감상한 후, 올라갔던 코스를 따라 내려오다. 잔설을 밟으며 햇살 만끽. 3시간 소요. 경비실에 비치된 출입자 현황 대장에는 박달재와 오미자가 다녀간 것으로 기록되다.

- **1일(금)** 19:00, 신방동 코다리 집에서 김영배 교장 부부를 오래간만에 만나, 아내를 포함한 넷이서 식사하며 두런두런 얘기를 나누다. 작년 하반기에 출간된 「법과 문학Ⅱ」와 「에게해에 뜬 눈썹달」을 사인하여 전해주다. 김 교장은 경기 성남소재 사립고교 교장을 끝으로 명예퇴임한, 나의 이종사촌 매제이기도 하다. 기분 좋게 취한 김 교장은 차를 식당 주차장에 둔 채, 내 아내가 운전하는 차편으로 귀가하다.

3일(일) 17:00, 좋은 친구들 넷이 중앙시장에 위치한 동림수산에서 만나다. 박 원장이 미리 부탁해 놓아 테이블에 올라온 방어의 식감이 좋았고, 친우들은 다들 술맛이 당기다. 귀갓길 택시기사가 거스름돈을 주려 하기에, 팁이라 하니 무척 좋아하다.

11일(월) 18:00, 사무실 부근 라무진에서 이장훈 학장과 이명규 처장을 만나 소주잔을 기울이다. 식당 주인에게 라무진이 무슨 뜻이냐고 묻다. 주인 하는 말이, 자기도 정확한 의미는 모르나 영어의 양(lamb)과 칭기스칸이 합쳐진 합성어인 것 같단다. 양고기구이 전문점이다. 아들 같은 남자 아르바이트생에게, 지갑에서 만원권을 꺼내 팁으로 건네주다.

- **27일(수) 퇴근 후**, 아내와 함께 남자의 품격을 찾아가 머리카락을 자르고 다듬다. 아내는 미용사에게, 가급적 양옆 귀 부근 흰 머리가 덜 드러나도록 깎아달라고 훈수를 두다.

- 이번 달에는 러닝머신을 얼마나 탔나? 도합 $40km$. $5km$씩 여덟 번에 걸쳐 뛴 거리를 합산한 것이긴 해도, 어쨌든 마라톤 풀코스에 육박(?)하는 기록이다.

- 독서량을 체크해 보자면, 「첫사랑·귀족의 보금자리」(투르게네프), 「젊은 베르테르의 슬픔」(괴테), 「우주날개-인도에서 행복

을 꿈꾸다」(정미자), 「1984」(조지 오웰), 「빌헬름 마이스터의 수업시대 1, 2」(괴테), 「변신·시골의사」(프란츠 카프카), 「폴란드의 풍차」(장 지오노), 「너새니얼 호손 단편선」(너새니얼 호손), 「하드리아누스 황제의 회상록 1」(마르그리트 유르스나르).

3월

• **1일(금, 삼일절)**, 아내와 함께 동곡 선영 환경정비 작업하고, 밭에 퇴비 넣고 두둑 만들어선, 비닐 씌우곤 감자를 심다. 4시간 작업.

2일(토), 아내를 대동하여 선영으로 이동, 6시간에 걸쳐 환경정비 작업을 하다. 부부가 작업 삼매경에 빠져 있는데, 함께 저녁식사 하자는 매당의 재촉전화벨이 연거푸 울리다.

9일(토), 아내와 함께 괭이와 쇠스랑을 사용하여 밭두둑을 만들고 두둑에 비닐을 씌우다. 길게 펼친 비닐이 자꾸 바람에 날려 애를 먹다. 나중에 적당한 시기에 이런저런 모종을 사다 심으

아버지의 기침소리가 새벽을 깨우고

면 된다. 아버지 묘소 주위에 떨어져 쌓인 낙엽도 줍고, 배수로도 손보다. 서툰 실력이지만, 17년 자란 반송들 전지작업까지 하다. 한번에 할 수 있는 양이라야, 기껏 두세 그루이긴 하지만. 장장 7시간 노동. 둘이 합쳐 14시간. 우리 부부에겐, 수행의 한 방편이라는 표현이 더 적절하다.

23일(토), 일전에 정주환 학장이 선물한 금강송 묘목 1주를, 아내와 함께 선산에 식수하다. 밭에 도라지씨를 파종하다. 작업 도중 비가 쏟아지는 바람에, 대충 마무리하고 철수하다. 겨우 2시간 30분 작업. 선영에 매화향기 바람에 날리고 있다.

24일(일), 아내와 함께 선영 환경정비 작업을 하다. 6시간 노동.

• 6일(수), 「황하의 물은 어디에서 오는가」 최종 수정본 확정하다.

14일(목), 기행문집 「황하의 물은 어디에서 오는가」 출간(영화출판사)되다.

• 17일(일), 아내와 함께 거제도 기행. 어부 식당에서 오찬. 어부이

자 식당 주인이기도 한 영감님 내외가 반갑게 맞아주다. 사위와 딸이 식당영업을 주도하고 있다. 영감 내외가 오붓하게 운영하던 5-6년 전부터 우리가 단골이다. 우리 내외는 이곳 식당에 올 때마다, 주인댁에 천안 호두과자를 선물로 챙겨오고 있다. 영감님이 오늘 갓 잡아온 가자미를 아이스박스에 담아 챙겨주시다. 가는 정에, 오는 정이다. 바람의 언덕 전망대까지 걸어 올라가, 봄꽃을 감상하다. 호텔 리베라 거제 803호 숙박.

• 2일(일) 18:30, 선영 정비작업 도중 재촉을 받고, 씻지도 못하고 아내를 차에 태우곤 광덕 소재 박 서방 농원으로 이동하다. 매당과 청당 가족과 우리 부부 등 여섯이 모여 닭도리탕으로 저녁식사를 하다. 청당이 그동안 근무하던 회사의 임원직을 그만두어 보고 차 모임을 제의하였다면서, 밥값을 계산하다.

16일(토) 18:00, 쌍용동에 있는 황우정에서 수요회 월례모임이 있어, 아내를 모시고(?) 다녀오다. 제공된 쇠고기가 두께가 너무 얇아, 불에 구우니 바싹 오그라들어 젓가락으로 집기도 힘들다. 회원들이 고기가 날아간다고 불평하다.

19일(화) 18:00, 정주환 학장 내외와 오열근 대학원장을 전국낙지자랑 청당점에서 만나, 식사하면서 이런저런 담소를 나누다. 양쪽 다 정년퇴임하신 교수분들이다. 이렇게 함께 모여 식사하는 것도 몇 년 만이다.

21일(목, 춘분) 19:00, 천안고 21회 동기회 월례회 날이다. 신방동 백년한우에서 있은 모임에 모처럼 참석하다. 오래간만에 보는 얼굴들이 많다. 개인적으로는 오늘이 변호사 개업 기념일이기도 하다. 1990년 3월 21일 개업. 그동안 세월이 많이 흘렀음을 절로 느끼다.

26일(화) 저녁, 퇴근 후 아내와 함께 공경덕 선생 댁을 방문하다. 유하녀 사모님도 반갑게 맞아주시다. 번거로움을 무릅쓰고, 술좋아하는 나를 위해 술상까지 차리시다. 밤늦도록 담소를 나누며 연거푸 마셨더니, 제법 취기가 오르다. 내외분은 사할린에서 영구 귀국하신 분들이다. 딸들과 손자, 손녀들은 현재도 사할린에서 살고 있다. 따님 둘이 의사이고, 큰손자도 의대를 졸업하는 등 존경할 만한 집안이다. 자상한 내외분들 덕분에, 보드카는 물론 아르메니아 코냑까지 맛볼 수 있는 행운을 누리고 있다.

27일(수) 18:00, 청담동 소재 베이징에서 박 원장, 이우영 사장과 학교동기 이호승, 김성기를 만나, 중국 요리를 즐기며 담소하다. 연태 고량주 큰 병이 금세 동나다. 나머지 친구들은 2차를 간다는데, 동행을 사양하고는 불콰한 얼굴 꼴을 한 채 걸어서 귀가하다. 콧노래를 흥얼대다. 살구꽃 향이 살풋 스쳐지나가다.

• 31일(일), 저녁에 남자의 품격에 가 머리를 다듬다.

• 러닝머신 달린 거리가, 이달엔 네 번에 걸쳐 도합 $20km$.

• 이번 달 독서량을 체크해 보자면, 「하드리아누스 황제의 회상록 2」(마르그리트 유르스나르), 「옛 그림에서 정치를 걷다」(허균), 「동물농장」(조지 오웰), 「푸슈킨 선집」(알렉산드르 푸슈킨), 「압살롬, 압살롬!」(윌리엄 포크너), 「리스본의 겨울」(안토니오 뮤뇨스 몰리나), 「사랑할 때와 죽을 때」(에리히 마리아 레마르크), 「어느 시골 신부의 일기」(조르주 베르나노스).

아버지의 기침소리가 새벽을 깨우고

4월

• 6일(토, 한식), 조부모 묘소 봉분 보수·정비 작업을 하다. 형제 세 명에 사촌 둘이 작업에 참여. 기특하게도, 종질 중 한 녀석이 아비를 따라와 일을 거들다. 4시간 작업.

• 7일(일), 처와 함께 선영(부친묘소) 정비작업에 나서다. 작년 가을 벌초 이후 자라 마른 잔디 윗부분을, 낫을 사용하여 일일이 깎아나가다. 중간중간 숫돌에 낫을 갈다. 6시간 작업. 살구꽃이 만개하다.

13일(토), 아내와 함께 선영 묵은 잔디 깎기 작업하고, 밭으로 뻗어나간 잔디를 끊어내어 옮겨 심다. 벌써 잡초가 올라와 있어, 꼼꼼하게 뽑아내다. 벚꽃이 흐드러지다. 13:30 국회 사랑재 고교동기 사명환 아들 결혼식장에 보낸 축하화환이 도착했다는 문자가 오다. 7시간 작업. 어깨와 무릎이 아프다. 함께 낫질을 한 아내는 오죽하랴! 아내에게 감사하다.

20일(토), 선영 잡초제거 작업 후, 부추 모종을 심고 퇴비주기 작업에 돌입. 농사의 원칙이 있으니, 화학비료를 전혀 쓰지 않고, 농약 살포도 엄금. 당연히 수확량은 시원치 않으나, 유기농법에 의해 생산된 농산물을 먹는 기분은 늘 유쾌! 새로 올라온 쑥과 두릅도 채취. 먹거리 수확은 아내에게는 큰 즐거움이다. 8시간 일하다. 벚꽃이 봄바람에 흩날리다.

27일(토), 아내와 함께 농부차림으로 동곡 선산에 가 작업에 돌입. 둘 다 장화까지 챙겨 신다. 내 것은 파란 장화요, 아내 장화는 빨강. 우선 잔디 위로 돋아난 잡초를 뽑아내고, 반송 전지작업으로 들어가다. 모양을 다듬는 것은 고사하고, 말라버린 가지들을 베어내고 잘라내는 일도 늘 벅차다. 아내는 쑥을 뜯고 상추 잎도 따다. 수확의 기쁨을 환한 얼굴표정으로 드러내다. 6시간 일하다.

• 8일(월) 18:00, 이자카야 법원점에서 친구인 곽희순 세무사를 만나 식사를 하면서 술을 마시다. 가장으로서의 이런저런 소회를 담소하며 회포를 풀다. 친구는 2017년에 상속세 신고건을 처리해 주면서, 이런저런 불편과 번거로움을 끝까지 감내하면서도 미소를 잃지 않아 나를 감동시키다. 식사 후 친구가 부근

아이스크림가게에서 사 준, 알록달록 네 가지 종류의 맛있는 아이스크림이 담긴 원통형 케이스를 들고 걸어서 귀가하다.

9일(화) 12:00, 신부동 싸다횟집에서 신경철 법무사와, 또 함께 합동사무실을 운영하고 있는 배우섭, 이현철 법무사를 만나, 담소를 나누며 점심을 먹다. 반주로 백세주 몇 잔을 곁들이다. 화창한 날씨에 벚꽃과 복숭아꽃, 자목련에 명자나무 꽃까지 흐드러지다.

17일(수) 18:00, 박 원장, 정 사범, 이 의원과 나 등 네 사람이, 이 의원이 운영하는 공주 정안 소재 글램핑장에서 회합하다. 고기를 굽고, 막걸리에 한산 소곡주로 기분을 돋구다. 어둠이 내리고, 동편 능선 위로 달이 떠오르다. 불콰한 얼굴꼴들을 한 채 싯구나 노래를 흥얼거리다. 밤공기 찬 줄도 모르고, 밤이 이슥하도록 달을 품다. 우리가 이 의원으로 부르는 친구는 전직 시의원이다.

21일(일) 18:00, 매당, 청당과 나 셋이서 부부동반으로 청당동 소재 전국낙지자랑 청당점에서 만나, 낙지요리와 막걸리를 음미해 가며 오붓하니 담소를 나누다. 매당이 명예퇴직 기념이라면서, 성급하게 나서서 계산. 불콰해진 볼을 쓰다듬으며 식당 밖으로 나오니, 적당하니 어둠이 내려진 상태. 아내와 손 잡고 걸어서 귀가하다.

26일(금) 18:30, 원성동 소재 대도일식에서 있은 수요회 모임에 아내와 함께 참석. 모처럼 아홉가족이 부부동반으로 전원 참석. 1980년대 대흥동 소재 초정의 주방장 시절부터 알고 지내온 이상종 사장이 반기다. 하기사 회원들 대부분이 이 사장과 교류하고 있다. 서비스로 내오는 음식이 줄을 잇다. 작년과 금년에 출간한 책 세 권씩을 회원들에게 증정한 답례로 수요회로부터 20만 원을 수여받았는데, 아내가 그 돈에 조금 더 보태 예산에 있는 파프리카 농장에서 싱싱한 파프리카를 사와, 이번 모임에서 회원들에게 커다란 박스 하나씩을 안겨주다.

• **21일(일)**, 오후에 남자의 품격에 가서 머리를 다듬다. 청바지에 쿠바에서 산 멋진 노랑구두를 신고 갔더니, 여자 미용사들이 생글생글하니 관심이 많다. 아내가 옆에 앉아 지켜주고 있으니, 문제 없다.

• 이번 달 러닝머신 위를 달린 거리가, 여덟 번에 걸쳐 도합 38*km*.

• 읽은 책으로는, 「페스트」(알베르 카뮈), 「게걸음으로」(귄터 그라스), 「등대로(To the Lighthouse)」(버지니아 울프), 「에드거 앨런 포 단편선」(에드거 앨런 포), 「프라도 미술관에서 꼭 봐야 할 그림」(김영숙), 「이미륵 평전」(정규화·박균), 「도리언 그레이의 초상」(오스카 와일드), 「댈러웨이 부인」(버지니아 울프), 「메디치 가의 천재들」(신원동), 「모비 딕」(허먼 멜빌).

5월

• **4일(토)**, 아내와 함께 전날 시장에서 사온 모종을, 미리 만들어 놓은 밭두둑에 심다. 고추, 가지, 호박, 참외에 고구마 순까지 심다. 작년에는 고구마로 별 재미를 못 봤는데도, 올해도 같은 장소에 또 심어보다. 그러고 보니, 본격적인 농사철이다. 묘소 주변 잔디 위로 올라온 잡초를 뽑다. 6시간 일하다.

6일(화요일, 입하), 매당이 반송 전정작업을 도와주겠다고 청당까지 모시고 오다. 매당은 원예 전문가다. 과감하니 간벌과 전지작업에 나서, 톱을 사용하여 아낌없이 쓰러뜨리고 잘라내다. 통째로 잘려나가는 반송을 앞에 두고, 아내가 안쓰러워하다. 2시간 작업 후 면 소재지 식당으로 이동하여, 도가니 수육에 소주 한잔으로 노고를 달래다. 형들의 마나님들도 연락을 받고는, 뒤늦게 합류하여 우정의 시간을 갖다.

11일(토), 아내와 함께, 일전의 반송 간벌 및 전정작업 잔해물을 일일이 끌어내어 정리하다. 자연적으로 자라난 그늘 속 취나물을 뜯다. 꾀꼬리와 뻐꾸기 노래 속에 5시간 일하다.

19일(일), 아내와 함께 선영 잡초제거 및 고추지지대 설치 작업을 하다. 아내의 작업 솜씨가 나보다 낫다. 나나 아내나 이제 어엿한(?) 십년 농사꾼이다. 오늘도 취나물 뜯다. 한 주일 새 새순이 부쩍 자라다. 봄비가 오락가락하여, 적당하니 철수하다. 가뿐하니 4시간 일하다.

25일(토), 선영 벌초작업하다. 일일이 낫으로 깎아나가다. 비트 모종을 심고, 취나물과 뽕잎 채취하다. 뽕나무는 2년 전 옮겨 심은 것이다. 수확이 있어 아내가 기뻐하다. 6시간 일하다.

• 5일(일, 어린이날), 모처럼 아내와 함께 등산복 차림에 배낭을 걸
러 메고, 속리산을 찾아가다. 주차장을 출발하여 법주사를 거
쳐 세조길을 따라 세심정과 복천암을 통과하고, 1·2 휴게소를
거쳐 중사자암에 도착하다. 지륜(智輪) 스님이 반갑게 맞아주
다. 연등 접수하고는, 차담을 나누다. 암자 주변에, 늦게 꽃망울
을 터뜨린 산벚꽃과 복사꽃이 흐드러지다. 문장대 등정은 접
고, 하산하다. 산행에 여섯 시간 소요.

12일(일, 부처님오신날), 아내를 차에 태우고 오붓하니 예산 쪽으
로 드라이브 하다. 추사 선생 고택과 전시관을 둘러보고, 산책
로를 따라 사색과 명상의 시간도 갖다. 귀로에 예산 읍내의 국
수공장에 들러, 국수를 열 묶음 가까이 사다.

26일(일), 아내와 함께 화암사 탐방에 나서다. 추사고택을 출발
하여 앵무봉과 오석산을 넘어 화암사에 도착하다. 주변 바위에
암각되어 있는 선생의 글씨들을 찾아 감상하다. '소봉래(小蓬
萊)' '시경(詩境)' '천축고선생댁(天竺古先生宅)'. 3시간에 걸쳐

즐겁고 오붓한 시간을 갖다.

• 18일(토) 18:00, 종질인 형렬 군의 결혼식에 다녀오다. 결혼식 장소는 서울 퇴계로에 있는 한국의 집. 우연찮게, 신부 측 하객으로 참석한 소리꾼 장사익 선생과 마주쳐, 악수와 인사를 나누다. 천안에 거주하고 있는 장 선생의 장 조카 장기수 의원의 근황을 전해주다.

• 17일(금) 12:00, 젊은 변호사 박형준, 추연철, 김욱중 세 분을 사무실 부근에 있는 베이징으로 초대하여, 중국요리로 점심을 먹다. 젊은 변호사들의 생각과 사무실 운영과 관련한 근황, 취미 등에 관하여 이런저런 얘기를 듣다. 고량주 술잔이 오르내리면서 말이 많아지다. 듣자고 제의한 모임이 거꾸로 된 것 같아, 배시시 웃다.

24일(금) 18:30, 전국낙지자랑 청당점에서 있은 수요회 모임에, 아내와 함께 다녀오다.

• 9일(목)과 30일(목) 저녁, 남자의 품격에 들러 이발하다.

아버지의 기침소리가 새벽을 깨우고

- 러닝머신을 달린 거리가, 아홉 번에 걸쳐 도합 $42km$.

- 읽은 책으로는, 「음향과 분노」(윌리엄 포크너), 「지상의 양식」(앙드레 지드), 「천로역정」(존 버니언), 「개선문 1, 2」(에리히 마리아 레마르크), 「불멸」(밀란 쿤데라), 「말테의 수기」(라이너 마리아 릴케), 「파르마의 수도원 1, 2」(스탕달), 「농담」(밀란 쿤데라).

6월

- 1일(토), 부친 묘소 앞 꽃병에 꽂은 꽃을 새것으로 교체하다. 전에 하다 만 벌초작업을 이어서 하다. 아내는 겉옷을 벗어던지고도 땀을 뻘뻘 흘리다. 얼굴과 노출된 등이 시뻘겋게 익다. 둘이서 일일이 낫으로 하다 보니, 진척되는 정도로 보아 하루 더해야 할 듯. 고추 지지대들을 줄로 연결해 주는 작업도 하다. 완두콩을 수확하다. 올해 첫 수확의 기쁨을 아내와 함께 누리다. 감자밭엔 자주색 감자꽃이 피다. 7시간 일하곤, 지친 몸을 이끌고 산을 내려가다.

6일(목, 현충일), 아내와 함께 동곡에서 대추나무 전지를 하다. 옮겨 심은 지 4년이나 되는데도 대추가 달리질 않아, 아내와 나의 관심과 걱정의 대상이다. 며칠 전 지인으로부터, 기본적인 줄기만 빼놓고 곁가지들을 전부 잘라주라는 말을 들은 바 있어, 그대로 시행하다. 반송 주변 풀베기 작업을 하다. 낫으로 해보려니, 작업의 강도가 만만치 않다. 풋고추를 처음으로 수확하다. 4시간 일하다.

8일(토), 풀베기와 고사목 제거작업을 하다. 낫질과 톱질로 양 어깨가 뻐근하다. 아내와 함께 콧노래를 부르면서 매실을 따다. 삼국지 중, 조조가 갈증에 시달리는 병사들을 앞에 두고 큰소리치는 장면을 생각하다. 6시간 일하다.

15일(토), 선영의 잔디 위로 삐져나온 잡초를 뽑다. 아내와 함께 마늘을 수확하다. 아내의 얼굴에 환한 미소가 새겨지다. 아내는 성급한 마음에, 감자밭 감자도 후벼보다. 조금 더 두어야 할 듯. 계절을 잊은 듯, 밭둑에 심어놓은 코스모스가 꽃을 피워 올리다. 참나리 꽃은 요염하면서도 앙징맞다. 6시간 일하고, 수확한 마늘을 배낭에 담아 등에 메고는 산을 내려오다.

22일(토, 하지), 감자를 캐다. 씨알은 굵지 않지만 야무지다. 자주색 감자가 흰 감자보다 많다. 가지와 호박도 첫 수확의 기쁨을 안겨주다. 누구의 배낭에 무엇을 얼마만큼씩 나눠 담을지를 놓고, 아내와 옥신각신하다. 말 그대로 하지감자가 되다. 반송전지하고, 잡초를 뽑다. 6시간 일하다.

29일(토), 잡초를 뽑다. 고추와 호박을 따고, 첫 수확으로 참외 3개를 따다. 노란 참외가 어른 주먹 만하니, 먹음직스럽다. 아내는 갓 딴 참외를 시아버지 묘소 앞에 가지런히 진설하다. 도라지꽃이 흰 꽃과 보라 꽃으로 벙글다. 농장으로 놀러오라는 수요회 이만복 사장님의 전화 재촉에, 오전 작업으로 마무리하다. 2시간 일하곤, 놀러가다.

• 17일(월)부터 20일(목)까지 아내가 딸과 함께 타이완 가오슝으로 여행을 가는 바람에, 혼자 밥 차려 먹느라 꽤나 고생하다.

23일(일), 신문에 난 탐방기사를 보고, 내친 김에 아내와 함께 문경시 동로면에 위치한 「카브」 레스토랑을 찾아 나서다. 상호의 뜻 그대로 동굴 레스토랑인데, 과거 수정을 캐던 폐광산이다. 레스토랑 내부는 서늘하다. 안쪽 무대 위에는 그랜드 피아노도 놓여 있다. 공연도 가능하다는 얘기. 레드와인을 곁들여 근사한 오찬을 즐기다. 레스토랑을 나와, 백두대간 줄기에 닿는 등산코스를 따라, 봉우리까지 약식으로 등산 겸 산책을 하다. 귀로에 괴산 오일장에 들러, 마늘 3접을 구매하다.

• 26일(수) 18:25, 아내를 대동하고 CGV천안에서 봉준호 감독의 「기생충」을 관람하다.

• 2일(일) 11:30, 수요회 회원인 김재선 교수님과 이만복 사장님과 나 등 세 가족이 부부동반으로, 수신면에 위치한 김 교수님 농장에서 회합을 갖다. 삼겹살을 굽고 막걸리도 마시면서, 17:30 까지 느긋하고 화기애애한 시간을 보내다. 이 사장님으로부터 대추나무 전지법과 참외와 수박 순지르기 방법까지 교습 받다. 밤꽃향이 코를 찌르다.

6일(목, 현충일) 18:00, 김영배 교장과 부부동반으로 중앙시장 내 아구찜 집에서 번개모임을 갖다. 김 교장은, 그렇지 않아도 매운 아구찜을 고춧가루에 찍어먹다. 작은 고추가 맵다더니, 원!

8일(토) 18:30, 광덕 시골영감(?) 댁에서 매당, 청당, 동곡재 3인이 부부동반으로 회합하다. 동곡재(東谷齋)는 매당이 지어준 나의 호다. 삼겹살을 안주로, 맥주와 소곡주를 권커니 잣거니 하다. 기분이 업 된 나머지, 겁도 없이 아내의 신경을 건드리는 언사를 내뱉어 위기일발. 뒤늦게 정신이 번쩍 들어 두루뭉실 둘러대고는, 일대 위기(?)를 벗어나다. 함께 매당의 집 옥상에 올라가, 단오 다음날 밤하늘의 반짝이는 별들을 바라보다.

10일(월) 18:00, 박 원장과 이우영 사장, 그리고 지방사무관으로 퇴직한 고교동기 유창기 과장을, 청당동 소재 해동각에서 만나다. 이 사장이 외국 갔다 오면서 사왔다는 고급 양주를 가지고 나와, 중국요리를 곁들여 나눠 마시다. 세상 돌아가는 얘기로 왁자한 가운데, 시나브로 술 취하다.

28일(금) 19:00, 아내와 함께 유랑동 봉평장터에서 있은 수요회 모임에 다녀오다. 폭탄주 석 잔으로 한주일의 분망을 접다.

29일(토) 13:00, 수요회 이만복 회원님 농원에서 김재선 교수, 김판수 세무사님까지 네 가족이 부부동반으로 모여, 늦은 오찬을 즐기다. 선영에서 일하다 도중에 불려온 아내와 나다. 아내 는 덤으로 머윗대와 매실, 부추까지 한아름 얻어오다.

- 21일(금), 퇴근 후 남자의 품격에서 머리를 다듬다. 여전히 아내 를 대동하다.

- 열한 번에 걸쳐 러닝머신 위를 달리다. 도합 45㎞.

- 독서에 열중하다. 「질투」(알랭 로브그리예), 「포르노그라피아」 (비톨트 곰브로비치), 「방드르디, 태평양의 끝」(미셸 투르니에), 「형제 1, 2, 3」(위화), 「차라투스트라는 이렇게 말했다」(프리드리 히 니체), 「픽션들」(호르헤 루이스 보르헤스), 「사람의 목소리는 빛 보다 멀리간다」(위화), 「벌집」(카밀로 호세 셀라), 「우리는 거대한 차이 속에 살고 있다」(위화), 「알레프」(호르헤 루이스 보르헤스), 「새로운 인생」(오르한 파묵), 「달빛을 베다」(모옌).

7월

• 6일(토), 선영 벌초하다. 풋고추와 가지를 수확하다. 참외를 여덟 개씩이나 따다. 아내가 벌집을 건드리는 바람에, 무려 다섯 방이나 벌침에 쏘이다. 팔, 다리에 배꼽 위까지 공격받다. 조금만 더 내려쏘였으면 곤란했을 뻔했다는 나의 농담에, 아내는 얼굴을 붉히다. 따로따로 떨어져 일하다가, 아내가 안 보인다 싶으면 휘둥그래진 눈으로 향방을 추적하다. 행여 벌의 독이 몸에 퍼져, 쓰러지지나 않았을세라……. 4시간 일하고 산을 내려오다.

13일(토), 감자 캐낸 자리에 옥수수 모종을 옮겨심고, 선영 벌초 작업을 이어서 하다. 참외를 13개 따다. 전수받은 순지르기 작업이 제대로 먹혀든 덕분이랄까? 배롱나무 밑 잡풀을 베다가, 내가 땅벌에 정통으로 쏘이다. 그나마 한방으로 끝난 게 다행이다. 배롱나무가 진홍색 꽃망울을 터트리다. 4시간 일하다.

21일(일), 선영 벌초작업을 마무리하다. 단정하니, 묘소의 풍광이 보기 좋다. 오늘은 구름이 끼어 있어, 일하기 딱 좋은 날씨다. 참외를 자그마치 30개 따다. 다섯 포기에서의 수확치곤 대단하다. 달린 참외는 다 익었으므로, 수확 후 넝쿨을 걷어내다.

비트도 수확하다. 5시간 일하고는, 무거운 배낭을 걸러메고 조심조심 산을 내려오다.

27일(토), 마늘 수확한 자리에 들깨 모종을 식재하다. 자리잡은 옥수수에 퇴비를 주고, 선영 잔디 위 잡초를 제거하다. 밭으로 뻗어나간 잔디줄기를 끊어내, 빈 공간에 이식하다. 아내는 또 벌집을 건드려, 벌침 두 방을 쏘이다. 지난번에 비하면 아무것도 아니라는 듯, 아내는 시종 태연자약이다. 배롱나무들에 매달린 꽃봉우리들이 햇살 아래 화사하다. 4시간 일하다.

• 20일(토) 14:00, 아내와 함께 천안박물관 공연장에서 「삼거리 토요상설무대」를 관람하다. 한 시간 남짓 천안시립풍물단이 공연을 펼치다. 사자춤에 이어, 사물판굿과 신나는 사물놀이가 무대 위에 전개되다. 객석에서 어깨춤과 박수로 호응하다. 이쪽이나 저쪽이나, 흥이 절로 나다.

• 2일(화) 18:30, 퇴근길에 매당부부와 번개모임을 조인하다. 광덕면 소재지에 위치한 청하식당을 회합장소로 잡다. 아내를 차에 태우고 기분 좋게 달리다. 민물새우탕으로 맛있는 식사를

하다. 식사 후 부근 골짜기에 위치한 찻집으로 자리를 옮겨, 차를 마시며 담소하다.

9일(화) 18:00, 박 원장, 이 의원, 정 사범과 함께 전국낙지자랑 청당점에서 반주를 곁들여 낙지요리를 즐기다. 2차 가자는 사람 없이, 모두 곧장 귀가하다.

22일(월, 중복) 19:00, 천안고 21회 동기모임을 신방동 소새 만수천에서 갖다. 모처럼 모임에 참석하다. 복날이라고, 장어요리로 보신하다.

26일(금) 19:00, 성남면 대정리 소재 태하가든에서 열린 수요회 모임에, 아내와 함께 참석하다. 닭백숙 요리. 오래간만에 교외의 밤길을 드라이브하다.

28일(일) 13:00, 우중에 아내와 함께 중앙시장 신성아구찜까지 걸어가, 매당부부를 만나 점심을 먹다. 농사용 장화를 신고 나가다. 식사 후 매당의 차편으로 광덕 보산원에 있는 찻집으로 옮겨, 차도 마시고 담소도 나누다. 장마철 끝비가 오락가락하고, 계곡 건너편 능선에 운무가 걸리다.

- **29일(월)**, 원성동에 위치한 원종배 미용실에서 머리를 깎다. 아내가 먼저 가보곤, 남자머리도 깎는다고 하여 함께 가게 되다. 중후한 풍채의 남자미용사의 성함을 상호로 삼은 것은, 자신감 내지 자부심의 발로로 보여지다. 가위질에 공을 많이 들이다. 남녀 구분 없이 손님으로 받다. 이발료가 단돈 5,000원이다. 대신, 선교 헌금을 넣을 수 있는 돼지저금통이 눈에 띄다.

- 아홉 번에 걸쳐 러닝머신 위를 달리다. 합하여 보니 37km.

- 읽은 책을 적어보자면, 「풀 먹는 가족 1, 2」(모옌), 「무지개」(D.H. 로렌스), 「푸른꽃」(노발리스), 「콜레라시대의 사랑 1, 2」(가브리엘 가르시아 마르케스), 「분노의 포도 1, 2」(존 스타인벡), 「사십일포(四十日炮)」(모옌), 「내게는 이름이 없다-위화 단편 소설집-」(위화), 「인생은 고달파 1, 2」(모옌), 「대머리 여가수」(외젠 이오네스코), 「뜨거운 양철지붕 위의 고양이·유리동물원」(테네시 윌리암스).

8월

• 3일(토), 아내와 둘이서 선영 환경미화 작업을 하고, 들깨밭에 퇴비를 주다. 배롱나무 꽃이 만개하다. 3시간 일하다.

21일(수) 오후, 모처럼 밭에서 일하다. 무와 쪽파, 비트와 콜라비를 파종하고, 당근은 모종상태로 옮겨심다. 아내, 딸과 함께 2시간 일하다.

31일(토), 선영 벌초작업을 하다. 아내와 아들, 며느리에 동생들 둘이 함께하다. 6시간 작업 후, 병천 소재 충남집에서 순대요리로 늦은 점심을 먹다.

• 1일(목)부터 7일(수)까지 하계휴가를 갖고, 그 기간 동안 사무실 문을 닫다.

• 5일(월), 매당과 함께 광덕산 종주 산행에 나서다. 아내가 친절하게도 두 사람을 차에 태워 갈재 고갯마루에 내려놓다. 08:00 갈재 출발→주능선→서귀봉→정상→장군바위→마늘봉→만복

골 갈래길→망경산→개천골 고개 도착. 6시간 동안의 폭염 속 산행을 기록하다. 고맙게도 매당의 아주머님이 차로 둘을 픽업하여, 수철리 저수지를 끼고 있는 토종닭집에 내려놓다. 미리 시켜놓은 닭요리에 시원한 폭탄주로, 더위와 피로를 삭히다.

12일(월)부터 17일(토)까지 아내와 함께 시베리아 기행을 하다. 이르쿠츠크 지역에서 끝없이 펼쳐지는 자작나무 숲은, 햇살 아래 더욱 눈부시다. 바이칼 호수에 뜬 유람선 위에서 마시는 보드카의 맛은 일품이다. 호수에 접한 배 형태의 러시아식 사우나에서 자작나무잎 줄기로 달궈진 몸을 두드리고, 몸을 식히기 위해 호수에 세 차례 입수하다. 어릴적 물에 빠져 죽다 살아난 경험 때문에 물에 대한 공포가 잠재되어 있긴 하나, 언제 또 바이칼 호수에 전신을 담글 수 있으랴 하는 오기의 발로에 과감히 시행하다. 러시아 횡단열차를, 하바로프스크에서 블라디보스톡 구간에 걸쳐 4인 1실 침대칸에 자리를 정하고 밤새 달리다. 잘 만난 일행 덕분에 보드카 한병이 통째로 동나다. 여행 중 아내의 예순 번째 생일을 맞다.

• 2일(금) 19:00, 두정동 소재 쉬엔에서 박 원장, 정 사범, 권 대법

관을 만나선, 중국요리에 고량주를 곁들여 가면서 학창시절 얘기로 꽃을 피우다.

22일(목) 18:00, 정 사범, 이 의원, 박 원장을 원성동 소재 향칼국수에서 만나, 닭요리에 소주를 마시며 시베리아 여행과 관련한 보고(?)를 하다.

23일(금) 19:00, 불당동 소재 신불당 오리세상에서 열린 수요회 모임에, 아내와 함께 다녀오다.

25일(일) 11:30, 달따는 모임(달따모)의 멤버인 김광태 지점장의 여혼이 있어, 양재동 엘타워 예식장을 찾다. 광태 형은 은행을 명예퇴직한 지 여러 해가 되다. 의사부부 탄생.

27일(화) 19:30, 사촌누님 가족들을 원성동 소재 대도일식에서 만나 식사하다. 종질인 정규찬 군 내외와 그 아들 이환이 누님과 함께 나오다. 재종손 꼬마녀석이 초장엔 낯설어 하더니, 점점 풀려 신이 나다. 아내가 건네주는 만 원권 신권 몇 장을 덥석 건네받고는, 고개를 꾸벅하다.

• 19일(월), 퇴근 후 원종배 미용실에 가 머리를 만지고 다듬다. 몇 번 더 손보면 귀 부근 양옆 흰머리 부분도 감출 수 있다면서, 바람을 넣다. 솔깃하면서도 나름 기대가 크다. 내친 김에, 아내도 남성 미용사에게 머리를 맡기다. 미용실의 한쪽 벽면에 무공훈장이 부착되다. 6·25 참전용사이신 미용사의 선친께서 수위한 훈장이다. 대전 현충원에 안장되시다.

• 29일(목), 러닝머신(트레드 밀)을 새것으로 교체하다. 한달간 여섯 번에 나눠 달린 거리가 도합 24km.

• 여행 때문인가? 다른 달에 비해 독서량이 많지 않다. 「타라스 불바」(고골), 「말」(사르트르), 「시련」(아서 밀러), 「도둑일기」(장 주네), 「정복자들」(앙드레 말로), 「암병동 1, 2」(알렉산드르 솔제니친).

9월

• 1일(일), 아내와 함께 쪽파와 김장무에 퇴비주고, 대파를 수확하다. 도라지밭 김도 매주다. 6시간 일하다.

8일(일), 전날 지나간 제13호 태풍 링링으로 인한 바람피해가 많다. 비 그친 오후에, 선영주변 꺾어져 떨어진 나뭇가지와 나뭇잎 치우기 작업을 하다. 쪽파를 수확하고, 아내의 제의에 도라지도 먹을 만큼 캐다. 3시간 작업하다.

15일(일), 아내와 함께 쪽파를 심다. 골을 켜고 심고 흙을 덮는 방식이다. 밀식된 김장무를 솎아주다. 밭에 떨어져 내린 나뭇가지와 잎을 줍고, 잡초도 제거하다. 동부콩을 따다. 참나무 그루터기 부근에 자란 영지버섯을 따는 기쁨까지 누리다. 땅 위로 헤집고 나왔을 땐 독버섯인 사슴뿔 버섯인지 영지인지 구분할 수 없었으나, 커가는 모습을 지켜보니 영지렸다. 지극정성 며느리에게 안겨주는, 시아버지의 선물인가 하다. 5시간 일하다.

21일(토), 아내와 함께 선영 주변 잡초 제거하고, 환경정비 작업하다. 비 내려, 2시간 작업으로 만족하다.

28일(토), 선영 환경정리 작업을 하다. 배롱나무의 곁가지들을 전정해 주다. 살구나무의 위로 뻗어 오른 주요가지들을 톱으로 잘라내다. 아내는 나무 아래에 서서는, 과감하게 자르라고 성화다. 매당이 줘서 5월에 울타리를 따라 심은 열매 마가 주렁주렁 달려, 한 바구니 수확하다. 땅에 떨어진 도토리와 밤을 줍다. 야생 밤은 크기는 작으나, 야무지고 맛도 좋다. 근처에 다람쥐도 없어, 해마다 우리 부부 차지다. 일하는 중간에, 서울 영락고교 한문 선생인 고교동기 이주 장녀의 11:30 결혼식이 열리는 서울동부지법 3층 예식홀에 축하화환이 배달되었다는 문자메시지가 도착하다. 6시간 일하다. 메고 내려갈 배낭이 제법 무겁다. 귀로에 이만복 사장님의 안서동 아파트에 들러, 고구마 한 박스와 머위장아찌를 선물 받다.

• **14일(토)**, 전날(추석) 오후에 수요회 이만복 사장님으로부터 농원에서 수확한 호두의 겉껍질 벗기기 작업을 지원해 달라는 요청을 받다. 아내와 함께 오전 9시 이전에 두정동 농원 도착하여, 작업에 돌입하다. 김재선, 김판수 회원님 부부가 오후에 합류. 8시간에 걸쳐 고된(?) 작업을 펼치다. 작업 후 백석동 소재 아리랑으로 이동하여, 돼지고기를 구우며 소주 한잔. 고무장갑을 끼고 작업하였으나 좌측 팔부위에 옻이 오르고 양쪽 손바닥과 손가락이 호두 진액으로 시커멓게 물들어, 2주 이상 우스운

꼴을 한 채 법정 행차를 하다. 아프리카에서 오셨나요? 아내가 통 크게, 햇호두 다섯 말을 사서 차 트렁크에 옮겨 싣다.

• 10일(화) 18:00, 이 의원, 정 사범, 박 원장을 원성동 소재 도마 집에서 만나, 화로에 고기를 굽고 소주잔을 기울여 가며 담소를 나누다. 2차를 가자고 하여 마지못해 노래방에 따라갔으나, 노래의 음정과 박자 맞추기도 힘들고 성량도 형편없어 영 흥이 나지 않다. 택시 안에서, 집 부근에 도착할 때까지 시종 지그시 눈 감은 자세를 유지하다.

27일(금) 18:30, 아내와 함께 유량동 소재 이우철 삼계탕에서 열린 수요회 모임에 참석하다. 녹두삼계탕과 누룽지 삼계탕이 반반씩 주문되었는데, 녹두삼계탕을 찾는 분들이 많은 고로, 모질지(?) 못한 나의 테이블 앞에는 누룽지 삼계탕이 놓이다.

• 7일(토)과 30일(월), 원종배 미용실에 들러 머리를 깎고 다듬다.

• 러닝머신을 새로 바꾸곤 뛰는 횟수가 늘다. 열두 번에 걸쳐 달린 거리가 도합 48km.

• 읽은 책으로는, 「티엔탕 마을 마늘종 노래 1, 2」(모옌), 「청의(靑衣)·초수(楚水)·서사(敍事)」(비페이위), 「육체의 악마」(레몽 라디게), 「의식」(세스노터봄), 「반바지 당나귀」(앙리 보스코), 「라쇼몽」(아쿠타가와 류노스케), 「위대한 몬느」(알랭 푸르니에), 「붉은 수수밭」(모옌), 「아시아의 고아」(우줘류), 「뻬드로 빠라모」(후안 룰포), 「불타는 평원」(후안 룰포), 「그 후」(나쓰메 소세키).

10월

• **5일(토)**, 수요회 이성구 회원님의 11:30 자혼에 혼자 다녀온 후, 오후에 아내와 함께 동곡으로 이동하여 선영 환경정비 작업을 하다. 덤으로 땅에 떨어진 도토리와 밤을 줍다. 쪽파를 먹을 만큼 뽑고, 주렁주렁 달린 마를 따다. 4시간 머무르다.

12일(토), 아내와 함께 고구마와 들깨를 수확하다. 고구마는 그늘 속에 들어서 그런지, 크기도 작은데다가 수확량이 영 시원치 않다. 아내는 겨울용 식재료로 쓰자며, 잎 달린 고구마 줄거리를 일일이 따내다. 들깨 또한 여름내 잎을 많이 따내서 그런지, 키도 낮고 알갱이들이 실하질 않다. 집으로 가져가 말리기 위해, 알맹이 꼬투리를 손으로 일일이 따다. 주변에 떨어진 도토리를 줍다. 김장무의 흙 위로 드러난 뿌리의 굵기를 통해, 쑥쑥 커감을 확인하다. 오후 느지막하게 양재역 부근 예식홀에서 치러진 조이철 목사의 차녀혼에 보낸 축하화환이 배달되었다는 문자메시지를, 산을 내려올 무렵 뒤늦게 확인하다. 7시간 일하다.

19일(토), 서리 내리기 전에, 서둘러 고춧잎을 수확하다. 고춧대에 매달린 싱싱한 고춧잎을 전부 훑어내다. 감사의 기도 후, 고춧대를 뽑아내고 주변을 정리하다. 3년근 도라지도 캐다. 뿌리가 뽀얗고 굵다. 봄에 비탈에 심어둔 더덕을 찾아보나, 쉽게 눈에 띄지 않는다. 나 대신 아내가 나서다. 풀 속을 헤치고 잘도 찾아내다. 열 뿌리 가까이 캐내어, 비탈 아래로 던져주다. 방망이로 두드리고 고추장 발라 석쇠에 구우면, 막걸리 안주로 딱이다. 이것저것 수확하는데 6시간 걸리다.

27일(일), 오전에 이만복 회원님 농원으로 가 아로니아와 대추, 그리고 호두나무 묘목을 얻다. 동곡으로 옮겨가, 아내와 힘 합쳐 아로니아 7주, 대추나무 4주, 호두나무 1주를 식재하다. 내친 김에, 진입로 입구에 일렬로 심어져 있는 배롱나무 2주를 앞으로 끌어내 이식하다. 나무심기 작업을 끝낸 후, 마늘과 양파를 심다. 마늘은 3년째이나, 양파를 심는 건 처음이다. 퇴비를 섞어 땅을 일궈 판을 만들고, 비닐을 씌우고, 뚫린 구멍에 일일이 마늘을 꽂고, 살짝 흙을 덮고……. 쪽파를 수확하여 다듬다 날이 저물어, 귀가를 서두르다. 아내와 함께 5시간 노동하다.

• **3일(목, 개천절)**, 아침 일찍 태극기 게양하고, 아내와 함께 베란다 화분 분갈이 작업하다. 화초들이, 내년에는 더 예쁜 꽃을 피우길 기대해 보다.

• **31일(목)** 21:30, CGV천안에서 아내와 함께 영화 「조커」를 관람하다. 주연배우 호아킨 피닉스의 열연에, 둘 다 중간에 졸지 않고 시종 화면에 몰입하다.

• **17일(목)**, 아내가 천안축협산악회 정기산행에 참가하여, 오대산 상원사 둘레길 트레킹하다. 사무실 지키고 있는 남편을 배려,

아버지의 기침소리가 새벽을 깨우고

스마트폰으로 찍은 단풍사진 몇장을 배달해 주다.

26일(토), 수요회 가을나들이 행사에 참가하다. 아내를 옆자리에 태우고 운전하여 쌍용동으로 이동, 08:25경 이진국 교장선생님 내외분을 뒷자리에 태우곤, 행선지인 보령 죽도를 향해 달리다. 10:20 무렵 죽도 상화원(尙華園) 도착. 10:30이 약속된 미팅시간이었으나, 두 차에 나눠 타고 온 네 가족은 한참 늦다. 산책과 해바라기를 하면서, 가을햇살과 파도의 풍광을 즐기다. 바다를 낀 횟집에서, 맛있는 생선요리와 미주로 오찬을 하다. 귀로에 예산 추사고택과 기념관에 들러, 깊어가는 가을 분위기를 만끽하다.

• 1일(화), 정오에 젊은 변호사 박형준, 추연철, 김창덕, 김욱중 등 네 분을 능수정에서 만나 식사하면서. 법조계 관련 담소를 나누다.

7일(월), 가을비에 철학적인 분위기가 형성되어, 이장훈 학장과 매당 선생이 퇴근길에 사무실로 찾아오다. 사무실 부근 식당을 두세 곳 기웃거린 끝에, 삼돈이에 자리를 잡고 돼지고기와 소주로 모처럼 회포를 풀다. 일부러 산길로 올라서서, 콧노래를 부르며 질퍽질퍽한 어두운 숲길을 걸어서 귀가하다.

• 30일(목), 퇴근 후 곧바로 원종배 미용실로 가 머리를 깎고 다듬다. 아내와 함께 가다.

• 이번 달에 러닝머신을 열네 번에 걸쳐 도합 56㎞를 달린 걸 보면, 가을이 오긴 왔나 보다.

• 독서의 계절에, 독서량은?
「검은 튤립」(알렉상드르 뒤마), 「발자크와 바느질하는 중국소녀」(다이 시지에 載思杰), 「시지프 신화」(알베르 카뮈), 「만사형통 吉祥如意-중국현대 소설선」(톄닝 鐵凝 외 12인), 「산책주의자의 사생활」(황주리), 「포스트맨은 벨을 두 번 울린다」(제임스 M. 케인), 「뻐꾸기 둥지 위로 날아간 새」(켄 키지), 「파리의 우울」(샤를 피에르 보들레르), 「나자」(앙드레 브르통), 「벨 아미」(기 드 모파상), 「새로운 인생」(단테 알리기에리), 「길 위에서 1, 2」(잭 케루악).

11월

• 2일(토), 아내와 함께 밭으로 뻗어들어온 잔디를 끊어내어 선영 입구공간에 이식하다. 잡초를 제거하다. 가지의 본줄기들을 뽑아내고 주변을 정리하다. 쪽파와 갓을 수확하고, 무도 일부 거두다. 6시간 일하다.

12일(화), 주 중반 가을비와 함께 기온이 크게 떨어진다는 기상예보에, 점심시간을 이용하여 아내와 함께 동곡에 가다. 좀 더클 때까지 기다리자고 남겨놓았던 김장무와 대파를 수확하여, 배낭에 지고 내려오다.

16일(토), 아내와 동곡으로 이동하여 가을걷이 후의 뒷정리 작업을 하다. 노루망 울타리를 타고 오른 동부콩과 열매마의 마른 줄기들을 일일이 끊어내다. 배롱나무 7주의 본줄기들을, 산림조합 공판장에서 사온 섬유질 보온재로 감아 싸주는 방식으로 겨울추위를 대비하다. 돼지감자를 캐는 도중에, 잘라낸 매실나무 밑둥 부근에 터를 잡고 자란 영지버섯 두 개를 덤으로 얻다. 6시간 일하다. 이로써 올 한 해의 농사가 마무리되다. 밑

에서 올려다보니, 단정하니 정리된 선영과 밭의 풍광이 보기에
도 좋다.

• **14일(목)**, 저녁시간대에 아내가 혼자서 김장을 담그다. 소금에
절인 배추를 날라다 주고, 완성된 김장을 박스에 차곡차곡 넣
는 일을 곁에서 도와주다. 조촐하니, 두 박스를 채우다. 돼지고
기 수육에 막걸리 한 사발로 연중행사를 자축하다.

• **5일(화)**, 집에 와 점심을 먹고 숲길을 따라 사무실로 걸어가는
도중, 법원 동쪽 단풍나무길로 소풍 나온 산토끼와 조우하다.
13:40. 맞은편 방향에서 걸어오던, 공공근로 중인 장년 남자
두 분이 웃으면서 왈. "산퇴끼 보셨지유?"

• **9일(토)**, 아내와 함께 경북 청도기행. 운문사 사하촌에 위치한
프레쉬 힐 208호실 숙박. 파전에 막걸리, 칼국수로 이른 저녁
을 먹고는 운문사까지 산책하다. 매표소 직원은 벌써 일을 마
감한 상태다. 동쪽 산봉우리 위로 음력 열사흗날 달이 떠오르
다. 솔바람길을 걸어가다. 개울을 따라 아름드리 소나무들이
들어찬 사이로 설치된 나무데크길을 걷다. 어둠이 깃든 사찰

경내 이 건물 저 건물에서 여승들의 저녁 예불소리가 흘러나와 지면에 낮게 깔리다.

10일(일), 아내와 함께 아침 일찍 운문산 등산에 나서다. 08:00 숙소 출발 → 솔바람길 → 운문사 → 큰골 → 문수선원 → 사리 암 갈림길. 예까지 와 보니 정상행 등산로가 철문으로 굳게 닫혀 있다. 생태보전을 위한 휴식년제 시행 중이란다. 이런 사실도 모른 채 나선 등산길이다. 할(?) 수 없이 사리암으로 방향을 틀다. 가파른 길을 지그재그로 오르다. 수능이 임박한 시점이어서 그런지, 기도객들이 많다. 대웅전 앞에 서니, 눈 아래 울긋불긋 단풍 든 산들의 풍광이 수려하다. 하산 길에 계곡 부근 적당한 곳에 자리를 잡고는, 이른 점심을 먹다. 5시간 산행. 귀로에 청도군 금천면에 위치한 운강고택과 만화정(萬和亭)을 둘러보다.

21일(목), 아내가 축협산악회 정기산행팀에 끼어 하늘재와 문경 새재길 트레킹을 하다. 스마트폰 사진 몇 장이 사무실로 배송되다.

23일(토), 아내와 함께 속리산 중사자암으로 지륜스님을 찾아가다. 12:00 주차장 출발→법주사→세심정→복천암→1·2주막→중사자암. 스님은 지게를 지고 겨울 땔감을 구하러 암자를 막 벗어나는 중이다. 아내가 위쪽을 향해 스님을 불러 세우다. 부처님께 예를 올린 후, 스님과 차담을 나누다. 이번에도, 스님이 즐겨 드시는 국수를 몇 뭉치 배낭에 넣어 메고 오다. 스님은 다시 나무하러 지게지고 산 위로 오르시고, 부부는 빈 배낭을 끼고는 가벼운 마음으로 하산 길에 나서다. 내리막길에 보아하니, 제2주막인 경상도집 아드님은 섹소폰으로 1980년대 가요인 「조약돌」을 불고 있더라. 왕복 5시간 소요.

• 11일(월), 아내가 청수도서관의 2019년 독서왕에 선정되었다는 연락을, 도서관측으로부터 받다. 성인부 2인에 학생부 2명이란다. 부상으로 문화상품권 만 원짜리 두 장이 주어지다. 도서관이 집 코앞에 있어 책 빌려 읽는 것만으로도 감사한데, 이거야말로 도랑 치고 가재 잡은 격이다.

19일(화), 아내가 CGV야우리점에서 13:35 시작되는 영화 「82년생 김지영」을 혼자 관람하다. 우리 부부에겐 극히 예외적인 경우가 되겠다. 눈물이 핑 돌았다나! 손수건을 꺼내들고 훌쩍이는 아줌마도 있었단다.

• **11일(월)** 12:30, 수요회의 이만복, 김재선, 김판수 회원님과 신부동 소재 만나식당에서 생태찌개로 점심을 먹다.

13일(수), 추적추적 가을비에 우수수 낙엽지는 날 저녁에 정 사범, 박 원장, 이 의원을 퇴근길에 만나, 목천읍 신계리 소재 전라도 횟집에서 낙지요리에 정 사범이 챙겨온 중국술을 들며 늦가을의 운치를 붙잡다.

21일(목) 19:00, 신방동 소재 백년한우에서 있은 천안고 21회 동기모임에 모처럼 참석하다. 4성 장군으로 예편한 동기가, 지역에서 국회의원 출마하겠다고 이번 모임에 얼굴을 내밀다. 나로서는 고교 졸업 후 처음 보는 친구(?)다.

22일(금, 소설) 18:00, 유량동 소재 녹원에서 있은 수요회 월례모임에, 아내와 함께 다녀오다. 한잔 마신 김에, 오랜만에 문학의 밤 코너를 맡아 진행하다. '나를 믿어준 사람'이란 주제로 7

분 남짓 회원들을 상대로 강의(?)하다.

24일(일) 오후, 아내와 드라이브 차 집을 나왔다가, 아산 신정호에 위치한 연춘(戀春)에서 장어요리로 오붓하니 오찬을 즐기다. 호수에 빗방울이 떨어지니, 아내는 아파트 베란다 밖에 널어놓고 온 사과말랭이가 비에 젖을까 걱정이다. 이곳 식당엔 과거 조병옥 박사 부부와 단식투쟁을 끝낸 야당 총재시절의 YS가 다녀갔단다. 음식들이 정갈하고 맛있다.

30일(토) 17:00, 김홍 선배님과 사모님, 박상헌 선배님, 그리고 나와 아내가 원성동에 있는 대도일식에서 만나 만찬을 하다. 식당 이상종 사장님께 사전 양해를 구한 후 내가 챙겨온 위스키 로얄 살루트를 꺼내 테이블에 올리다. 두 분은 나의 고등학교 8년 선배님들이다. 김 선배님은 KBS보도본부장과 부사장을 역임하였고, 박 선배님은 천안시 농업기술센터 소장으로 퇴직하였다. 세 가족이 함께하는 것이 일 년 만이다. 담소를 나누다. 싱싱한 방어회를 안주로, 모처럼 권커니 잣거니 감미로운 술을 마시다. 술이 좀 모자라기도 하거니와 챙겨온 술만 달랑 마시고 가는 것도 미안하여, 소주 1병과 맥주 2병을 시키다.

조제권을 사양하는 이 없어 셋이서 각 폭탄주 3잔씩을 들이켠 후, 음식점을 나오다. 좋은 나날들은 빨리 지나간다고, 4시간이 훌쩍 흘러가다.

- **26일(화)**, 퇴근 후 원종배 미용실로 가 이발하다. 함께 간 아내도 가볍게 머리를 손질하다.

- 한 달 동안, 러닝머신을 열한 번에 걸쳐 도합 $44km$를 달리다.

- 이번 달 읽은 책으로는, 「황야의 이리」(헤르만 헤세), 「귀거래 歸去來」(한 사오궁), 「아우라」 (카를로스 푸엔테스), 「파스쿠알 두아르테 가족」(카밀로 호세 셀라), 「경이로운 도시 1,2」(에두아르도 멘도사, 「왕자와 거지」(마크 트웨인), 「자비 A Mercy」(토니 모리슨), 「반쪼가리 자작」(아탈로 칼비노), 「모렐의 발명」(아돌포 비오이 카사레스), 「나누어진 하늘」(크리스타 볼프), 「데카메론 1」(조반니 보카치오), 「나사의 회전」(헨리 제임스).

12월

- **14일(토)**, 아내와 함께 동곡 선영 참배하다. 묘소 주변 낙엽 갈퀴로 긁고 손으로 일일이 줍다. 3시간의 환경정비작업을 끝낸 후, 경건한 마음으로 향을 피우고 술잔을 올리다.

18일(수), 아버지 돌아가신 후 세 번째의 제사를 모시다. 제수준비를 위해 애쓴 아내에게 감사하다.

- **31일(화)**, 오전에 사무실 업무를 마무리하다. 아내와 함께 14:10 CGV천안에서 영화 「나이브스 아웃(Knives Out)」을 관람하다.

- **21일(토)**, 아내를 옆자리에 태우고 차를 운전하여 13:20 단양읍에 있는 장다리식당에 도착, 딸과 임재찬 군을 만나 마늘정식으로 오찬을 즐기다. 넷이서 단양군 영춘면 소재 소백산 자연휴양림으로 이동, 중선암실에 짐을 풀다. 1시간 여 숲길을 산책하다. 고기를 굽고 소주·맥주를 곁들여 기분 좋은 만찬을 하다. 셋을 나란히 앉혀 놓고는, 조명 속 무대(?) 위에 올라 장장(!) 50분 간 시 암송과 노래 레파토리로 단독공연을 감행하다.

아버지의 기침소리가 새벽을 깨우고

이튿날, 아내를 대동하고 아침식사 전 2시간 트레킹 하다. 느긋하니 조찬 후 11:00 퇴실하다. 넷이서 걸어서 온달산성을 답사한 후 각자 짝을 맞춰 헤어지다.

28일(토), 아내와 함께 흑성산 등산을 하다. 11:30 독립기념관 서측 출입문 출발→단풍나무길→B코스 등산로→전망대 도착. 등산로 상에 쌓인 낙엽을 밟는 재미가 쏠쏠하다. 8부 능선 위쪽으로 응달엔 그저께 살짝 내린 눈이 녹지 않고 쌓여 있다. 햇살이 눈부시고 바람은 시원하다. 기분은 저절로 상쾌. 전망대의 마루바닥에 남향으로 퍼질러 앉아, 배낭에 챙겨온 강화 인삼막걸리와 컵라면을 먹어가며 저 아래 세상을 내려다 보다. 올라갔던 길을 반대로 따라 내려오다. 3시간 30분 소요.

• 28일(토), 오전 8시 조금 지나 송하섭 부총장님께서 친히 보내주신 신년 휘호 「춘풍치화(春風致和)」를 휴대전화의 영상으로 수신하다.

• 7일(토, 대설), 매당과 청당, 그리고 동곡재가 마나님들을 동반하여, 저녁 어스름 무렵 광덕 소재 매당 우거에서 회합하다.

8일(일), 전날 저녁 모였던 여섯 명에 정경재 형 부부가 더해져, 13:00 원성동 대도일식에 모이다. 제철 생선인 대방어를 안주로 각자 능력껏(?) 술맛을 음미하다. 형들보다는 마나님들이 더 즐거워하다. 오래간만에 참석하였다면서, 경재 형이 덜컥 음식값을 계산해 버리다.

10일(월), 저녁에 좋은 친구들 4인이 원성동 광화문집에서 만나 송년회를 겸한 모임을 갖다. 아쉬워하는 박 원장을, 와인 한 병을 손에 들려 집으로 쫓아버리다. 중간 취중에 오늘이 결혼기념일임을 실토한 그다.

14일(토), 17:30에 유량동 일등한우에서 있은 수요회 송년모임에 아내와 함께 다녀오다. 모처럼 회원 18명 전원이 참석하여 오붓한 시간을 갖다. 아내가 크고 잘 익은 모과를 골라 챙겨가, 한 집 당 한 개씩 나눠주다.

19일(목), 18:30 중식당 베이징에서 개최된 천안변호사회 송년모임에 참석하다. 참석인원 50여 명. 개업순서로 보아 참석자 중 최고참이다. 어물어물하는 사이 이 지경(?)에 이르고 말다.

내일 오후 서울가정법원 재판에 출석해야 하는 부담을 안고서도, 이 테이블 저 테이블을 옮겨가며 동료 변호사들과 연태 고량주를 권커니 잣거니 하다.

25일(수, 성탄절), 눈이 안 와 눈 쓸 일이 없어 심심하다는 매당을 아내와 함께 집으로 찾아가다. 부부를 차에 태우곤 아산시 배방읍 수철리의 저수지를 끼고 있는 토종닭 집으로 옮겨 가, 토종닭 요리로 느즈막히 점심식사를 하다. 매당과 둘이서 소주 2병을 가뿐하니 비우다.

• 24일(화), 퇴근 후 원종배 미용실로 가 이발하다. 헤어스타일이 이제 그런대로 체계가 잡혀서인지, 이발을 끝내는데 10분 남짓 걸리다.

• 러닝머신을 여섯 번에 걸쳐 도합 24km 달리다. 연말모임을 핑계(?)로 먹고 마신 횟수가 많다보니…….

• 한 달 동안 읽은 책으로는, 「이름 없는 주드 1, 2」(토마스 하디), 「제49호 품목의 경매」(토머스 핀천), 「데카메론 2, 3」(조반니 보

카치오),「카불 미용학교」(데보라 로드리게즈).「바다여, 바다여 1,
2」(아이리스 머독),「폭력적인 삶」(피에르 파올로 파솔리니),「백년
부부」(지아오 보),「모스크바의 신사」(에이모 토울스),「코스모스」
(비톨트 곰브로비치).

제2부

터벅터벅
인생길
걸어가노라면

후조(候鳥), 나래를 접다

I. Prologue

시험합격자 명단 속에서 나의 이름 석 자를 발견하던 그 순간의 감개무량함도 이제는 서서히 퇴색해 버리고, 합격자 발표 후 몇 개월이 흘러간 지금 초조와 방황 그리고 고독 속에 파묻혀 하루하루 회색빛 삶을 지탱해 가던 날들을 적나라하게 기억해 낸다는 것도 그리 쉬운 일은 아닌 것 같습니다.

시험 공부하던 기간 동안 고시잡지에 실리는 합격기들을 읽음으로써 나도 남들처럼 멋지게 해낼 수 있다는 자기암시를 불러일으키기도 하고 합격기를 읽고 난 후의 며칠 동안은

Narcissism의 노예가 되기도 했었습니다만, 막상 이렇게 합격기를 쓰게 되리라고는 전혀 예상하지 못했습니다.

요행히 운이 좋아 합격은 했지만, 스스로를 냉철히 판단해 볼 때 부족한 점이 너무 많아 한편으로는 불안한 마음 금할 수 없는 것이 나의 솔직한 심정입니다. 평범하기만 했던 지난날들을 반추해 봄으로써 여러분들께 얼마만큼 도움을 드릴 수 있을는지 조차 의문이군요!

II. 방황

우리나라의 전형적인 농부의 아들로 태어나서 세상 넓은 줄도 모르고 아늑한 고향 품속에서의 성장과정을 거친 후, 대학에 입학한 것이 1977년!

전기대 낙방의 고배를 마신 후, 어느 선배님의 권유가 인연이 되어 법과대에 응시하여 입학하게 되었다.

고향인 천안을 떠나 학교 근처에서 하숙을 하게 되었는데, 갑자기 달라진 환경에 적응하기가 무척 힘들었다. 입학동기들이 1학기 초부터 민법총칙이다 뭐다 해서 소위 고시공부를 하기 시작하였으나, 나는 그쪽에는 별 관심이 없었다. 학교 강의를 적당히 듣고 나니, 남는 시간이 꽤나 많았다. 그렇다고 책읽기를 그다지 좋아하지 않는 나로서는, 교양서적 따위를 읽는다는 것도 적성에 맞지를 않았다.

미팅, 서클, 여행 그리고 술.

인생수업의 커리큘럼에 열중하는 동안, 시간은 물처럼 흘러갔다. 2학기 초에 고시반 장학생 시험이 있었는데, 말석으로 합격하게 되어 법선재에서 몇 달 동안 생활할 수 있게 되었다.

학교에서 주는 장학금을 받아가면서 하라는 공부는 안 하고 술만 마시러 돌아다니다가, 장학담당 선생님께 혼도 많이 났다.

노란 은행잎이 고운 선율을 그으며 미풍에 흩날리던 가을날, 풍선처럼 부푼 마음을 달래다 못해 청주에 몇 번인가 내려갔으나 어디에도 내가 안주할 자리는 마련되어 있지 않았고, 줄곧 책상 위에 먼지만 쌓여갔다.

산다는 것! 그것은 나에게 있어서만큼은 철저한 외로움, 바로 그것이었다. 태곳적의 질식할 듯한 침묵과 고독이 일시에 밀려와, 나의 가슴을 터지게 하는 것만 같았다.

나는 어느새 대도시의 숲속에서 정처 없이 이곳저곳을 헤매는 고독한 방랑자가 되어 있었다. 아니, 벌써 방탕의 경지에까지 이르러 있음을 희미하게나마 지각할 수 있었다.

78년 4월 초순, 결국 현실도피적 성향이 현실로 나타났다. 짐을 싸들고 법선재를 나왔다. 그리고 찾아간 곳이 경기도 여주에 있는 구곡사.

대열에서의 낙오라는 오욕의 감수도 나에게는 커다란 고통이었지만, 우선은 마음의 안정이 급선무였다.

참회와 명상으로, 뜨거운 여름을 줄곧 산사에서 지낼 수 있었다. Sartre의 무신론적 실존주의와의 해후, 제2차 세계대전 후 세계의 지성들에게 폭발적인 센세이션을 불러일으켰다지만, 나에게 있어 산사시절의 무신론적 실존주의와의 만남은 Augustinus에게 있어서의 Monnica 만큼이나 비중이 큰 일대사건이었다.

산들바람이 불어올 때쯤에는 민법총칙, 형법총론을 가까이 할 수 있었다. 흐트러진 마음을 바로하고 차분히 법서에 심취(?) 할 수 있게 되었을 때 아버님께서 몸소 찾아오셨는데, 그 다음날 나는 아버지의 자상하신 권유를 받아들여 하얀 눈을 맞으며 집으로 돌아왔다.

79년 3월 초순, 제21회 1차 시험에 처녀응시 하였으나, 오히려 모르는 문제가 더 많았다. 도중에 나올까도 생각했으나, 시험장 밖에서 기다리고 계신 아버지를 뵙기가 송구스러울 것 같아 끝까지 눌러앉아 있었다.

곧이어 1년 동안의 휴학에 종지부를 찍고 복학하여 서울로 올라왔으나, 4월이 되면서부터 나의 마음은 다시 흐트러지기 시작하였다.

어느 시인이 4월은 잔인한 달이라고 노래했다지만, 언제부턴가 4월은 나의 목을 사정없이 조르는 무서운 악마였다. 허무와 절망, 이것이 나에게 남아 있는 전부였다. 더 이상 잃어버릴 그 무엇도 나에게는 없었다.

무신론적 실존주의로도 나의 열병은 치유될 수 없었다. 생자필멸이요 회자정리라, 색즉시공이요 공즉시색이라.

시간의 흐름과 망각만이 모든 것을 지울 수 있었다. 시간은 화살처럼 내 앞을 스쳐갔고, 비교사상사 시간에 「공자의 정치사상」을 발표한 것 이외에 법서와의 대면은 좀처럼 이루어지지 않았다.

후암동에서 10·26사태를 맞았고, 우왕좌왕하다가 12월 말에 H형과 함께 짐을 챙겨 이천의 영보사로 내려갔다.

방에 장작불을 지피고 뜨끈뜨끈한 아랫목에 누워 이 노래 저 노래 흥얼거리다 보면 겨울밤은 깊어만 갔고, 하얀 눈은 사락사

락 밤새 내렸다. 공부하는 것보다는 읍내에 나가 술 마시는 것이 백배 좋았다. 이 세상 모든 것이 나의 것만 같았다. 지금 돌이켜 보면, 철없었을 때의 일이었다.

1차 시험을 한달 여 남겨 놓고 절에 화재가 발생, 설상가상으로 불 끄러 나와 있는 사이에 묵고 있던 방에 도둑까지 들어 소지품 거의 전부를 잃어버리는 불운을 당했다. 자업자득이라고나 할까? 결국 우리는, 알거지가 된 채 서울로 돌아와야만 했다.

이러한 와중에 동국대에서 치른 22회 1차 시험 역시, 그 결과야 불문가지. 낙방의 기록만 하나 더 늘리는 꼴이 되고 말았다.

5·17 이후 장기간의 휴교, 자연법과 실정법간의 괴리에 대한 풀리지 않는 문제에 부딪쳐, 그 해 여름을 소진하였다.

III. 정착, 그리고 도전

무릎을 꿇고 두 손을 모으고, 그리고 두 눈을 감고는 지나온 날들을 되돌아보았다. 그리고 진정 참회의 눈물을 흘렸다. 그날 그 좁은 구석방에서, 나는 그렇게 행복할 수가 없었다.

80년 9월 하순, 나는 서울에서의 모든 것을 정리하고 짐을

아버지의 기침소리가 새벽을 깨우고

꾸려 낙향하여 천안에서 60리 떨어져 있는 광덕사를 찾았다. 절 아랫동네 서 씨 아저씨 댁에 방을 정하고 짐을 풀었다.

그날부터 철저히 1차 시험과목 위주의 공부를 시작하였다. 경제학 문제집을 몇 권 새로 구입하고, 외국어를 영어에서 독일어로 바꾸기로 하고는 책도 몇 권 구해왔다. 독일어는 고등학교 때와 대학 1학년 교양학부 시절에 조금씩 해두었기 때문에, 별다른 문제는 없었다.

주인집 할아버지께서 친손자처럼 줄곧 정성껏 보살펴 주셨고, 함께 공부하는 사람들이 몇 명 있었는데 분위기는 그런대로 괜찮았다.

책이 손에 안 잡힐 때면 절에 올라가 법당에 꿇어 앉아 마음을 가다듬고, 조선조 순조 때의 명기 운초 김부용의 묘까지 산책을 하곤 하였다.

그 해 겨울엔 눈이 유난히 많이 왔고, 또 추웠다. 겨울 내내 방 안에 웅크리고 앉아 책과 씨름했다. 필요한 물건들은 동생들이 일일이 갖다 주어서 불편함이 없었다. 가능한 한 각 과목별로 많은 문제집을 풀어보려고 힘썼으며, 중요도 표시를 해나감으로써 반복해서 볼 때의 시간절약을 꾀할 수 있도록 신경을 썼다.

제23회 1차 시험에 응시, 나름대로 열심히 공부한 보람이 있어 큰 실수 없이 무난하게 치를 수 있었고, 마침내 합격의 기쁨을 안게 되었다.

곧 이어 있었던 2차 시험은 아예 응시하지도 않았다. 첫날 국민윤리 시험이 시작되는 시각, 나는 목욕탕에 들어앉아 느긋한 마음으로 내년을 기약하고 있었다. 그때 나는, 겁 없이 하얀 이를 드러내고 배시시 웃고 있었다.

계절은 여름을 향해 치달렸고, 함께 공부하던 L형님께서 최종합격 하셨다. 여름엔 주로 집에서 머물다가, 찬바람이 불어올 때쯤 다시 광덕으로 가서 본격적인 공부를 시작하였다. 그러나 기본3법 이외에는 처음 대하는 책들이 많아서, 여간 힘이 드는 것이 아니었다.

민사소송법은 소송물 이론에서부터 꽉 막혀, 뭐가 뭔지 도무지 알 수가 없었다. 11월에는 박종성 박사님께서 친히 광덕에까지 찾아오셔서 격려를 해주셨는데, 그 이후 줄곧 나에게 큰 힘이 되어 주셨다. 졸업논문 준비관계로 11월 한 달을 분주하게 보냈으나, 학점부족으로 인하여 정작 졸업을 할 수 없는 처지가 되고야 말았다.

IV. 좌절

82년 연초부터 행정법·상법과 민·형사 소송법을 집중적으로 읽기 시작하였다. 2차 시험이 7월로 연기된 상태에 있었다.

현재의 아내와의 첫만남이 이루어졌고, 좀 무리하다 생각도 되었으나 시험공부와 연애는 계속 평행선을 그어 나갔다.

4월에 J₁, J₂형이 합류하여 함께 공부하게 되었다.

2차 시험을 두어 달 남겨놓았을 때, 나는 공부 방법에 있어서 결정적인 실수를 저지르고 있었다. 그때까지도 전과목에 걸쳐서 소위 단권화 작업에 열중하고 있었던 것이다. 공부한 양도 충분하지 못했기 때문에, 앉으나 서나 초조하고 불안하였다. 견디지 못하고 결국에는 집 근처로 거처를 옮겼으나 한번 흐트러진 마음은 도무지 안정될 줄을 몰랐고, 마음만 앞설 뿐 진도가 나가주지를 않았다.

폭염 속에 동국대에서 있었던 제24회 시험은 동생의 정성어린 뒷바라지를 받으며 치렀으나, 그 결과는 합격선과는 너무 거리가 멀었다. 콩 심은 데 콩 나고, 팥 심은 데 팥 나는 법이었다.

상법점수는 나를 경악케 하다가, 끝내는 고소(苦笑)를 금치 못하게 만들었다. 너무 어이가 없었다. 하늘을 쳐다보니, 멀쩡하니 파랬다. 나는 아직도 멀었구나 하는 생각이 뇌리를 스쳤다.

축하해 주는 이 없는 가운데 졸업식도 없는 후기졸업을 하고, 군에 입대하는 일만을 남겨놓은 채 집에서 쉬고 있었는데, 우연히 국회사무처에 근무하고 계신 B형님께서 찾아오셨다.

형님의 간곡한 만류로 입대를 보류하고는, 행정대학원에 뒤늦은 입학을 하였다. 심기일전 하여, 새로운 마음으로 시작해 보기로 결심하였다.

신림동으로 공부장소를 옮기고, 곧이어 결단을 내려 10월 초순 현재의 처와 약혼을 하였다.

지난해에 했던 단권화 작업을 보강하기로 하고, 고시잡지 백여 권에서 필요한 자료들을 추출·정리함으로써 최신이론·학설 동향 등에 대처, 보다 완벽을 기할 수 있었다.

연말에 다시 광덕으로 내려가, 차분한 마음으로 시종일관 공부에만 전념할 수 있었다. 자정이 넘어서 듣는 클래식 음악은 나의 영혼을 살찌우게 하는 것이었다.

공부하다가 밤늦게 끓여먹는 라면의 맛도 일품이었다. 눈이 내리는 날이면 O형님께서 찾아오시곤 했는데, 추운 겨울밤을 하얗게 지새우면서 인생과 사회를 논하였다.

1차 시험을 40여일 남겨놓고 본격적으로 1차 준비에 들어갔는데, 전에 착실하게 해 놓았던 관계로 공부하기가 무척이나 수월한 편이었다.

1차 시험이 있던 날은 아침부터 비가 내렸다. O형님과 함께 세계 청소년 축구대회 준결승전인가를 시청하다가, 후반전을 못 본 채 시험장으로 향하였다.

1차 시험 후의 해이해진 마음을 가다듬기 위해 이웃한 풍세로 거처를 옮겨서 K형님과 함께 지내게 되었으나, 막상 계획대로 진도가 나가주지를 않았다. 양철지붕인지라, 한낮엔 방 안이 푹푹 쪄서 팬티 바람으로도 도저히 의자에 앉아 있을 수가 없었다.

남아 있는 2차 시험일까지, 전과목 1회독의 실적으로 주저앉을 수밖에는 별 도리가 없었다.

나흘 동안 동국대에서 2차 시험을 치렀는데, 이번에는 둘째 날의 행정법에서 꽉 막혀버렸다. 「행정행위의 소멸」을 논하는 문제에서 무효와 취소를 통째로 빼먹어 버리는 결정적인 우(愚)를 범하였으며, 「공무원의 복종의무의 한계」도 평소 그냥 넘기던 부분이라 붓 가는 대로 수필을 쓰고 말았다.

물에 빠진 사람은 지푸라기라도 잡으려 하듯이, 시험 둘째 날의 징크스, 그것을 깨기 위해서 굿이라도 한판 벌여야겠다는 생각이 들기까지 하였다.

시험 후에 남해안을 이리저리 여행하다가, 대전에 이르러서 불합격을 확인할 수 있었다. 이번엔 오히려 담담했다.

네가 나에게 오지 않겠다면, 내가 너에게 가겠노라.

V. 재기

25회 시험에서 또 한번의 고배를 마시고 난 후, 10월 초에 후조는 다시 광덕 땅에 새로운 둥지를 틀었다.

결혼하기로 일대결단을 내려, 12월 25일 이광신 박사님의 주례 하에 조출한 결혼식을 거행하였다. 신혼여행을 다녀온 후, 아내를 집에 남겨두고 줄곧 광덕의 토담집에 칩거하였다.

일주일에 한번씩 아내가 필요한 물건들을 갖다 주었는데, 이러한 생활은 26회 시험이 끝날 때까지 내내 계속 되었다.

책을 새로운 것으로 바꾸지 않고 이미 단권화 된 책들을 계속 반복하여 읽었는데, 왠지 민사소송법은 보기가 싫어져 시험 직전까지 무던히 애를 먹었다. 시험일자가 점점 다가옴에 따라 국민윤리도 신경을 써야 했는데, 마땅한 책을 선택하지 못하고 이책 저책을 주마간산격으로 훑어 나갔다.

한 곳에 오래 머물러 있지 못하는 철새의 본성이 또 다시 발동되어 K형님과 헤어져 신림동으로 올라왔는데, 대도시의 삭막한 분위기 속에서 고독의 싹만 움터갔다.

2차 시험을 정확히 한 달 남겨놓고, 다시 광덕으로 옮겨가서 마지막 투혼을 불살랐다. 마땅한 공부방을 찾지 못하여 황금 같은 시간을 약간 허비하였다.

병역문제 때문에 이번 시험이 사실상 나에게는 마지막 기회라고 생각하니, 아찔했다. 전과목에 걸쳐서 가능한 한 최대의 속도로 읽어나갔다. 사랑니 부위가 아파 통증이 심했으나, 상황이 상황인 만큼 진도를 늦출 수는 없었다.

마침내 시험일은 다가왔고, 아내와 함께 짐을 옮겨 사직공원 부근에 방을 정하였다.

시험장소는 경기대학. 처 외삼촌 댁이 가까이에 있어 아내가 줄곧 식사를 날라다 주었고, 나는 다음날의 시험과목들을 밤을 새워 훑어나갔다.

마침 장마가 시작되어, 시험기간 동안 줄곧 비가 내렸다.

첫째날, 국민윤리는 큰 문제가 「현대산업사회의 병폐인 인간소외와 그 극복방안」이었는데 마치 사회학문제 같았다. 「우리의

민족화합·민주통일방안의 특성」은 평소 눈여겨보던 문제라 무
난하게 쓸 수 있었다.

헌법에서는 큰 문제인 「사법권의 범위와 한계」에 있어서 혼
동을 일으켜, 한계에 해당하는 내용의 일부를 범위 부분에 쓰고
말았다.

둘째날에는 그동안의 징크스 때문에 몹시 불안했으나, 행정
법의 이행소송에 대한 문제는 행정소송법 개정과 관련하여 중
요 쟁점이 되고 있던 차여서 관심을 가지고 보아왔기 때문에 별
다른 어려움이 없었고, 「복효적 행정행위」는 대법원 판례를 곁
들여 기술하였다.

상법은 「자기주식 취득의 제한」 문제에서 개정상법과 관련
된 기업 간의 상호주식 보유제한 부분을 빠뜨렸으며, 「보통거래
약관」은 평소 주의를 했으나 막상 답안을 작성하려니 뜻대로 되
지 않았다.

문제는 셋째날 민법에서 일어나고야 말았다. 큰 문제가
CASE로서 통정허위표시와 부부 간의 계약취소권이 해당 쟁점
이었는데, 초안 작성을 하려니 도무지 감이 잡히질 않았다. 작은
문제 두 개를 쓰고 나니, 남는 시간 40분. 통정허위표시이론을
중심으로 횡설수설 써 내려갈 수밖에 없었는데, 나중에 점수를

확인했을 때 온몸에 소름이 돋았다.

민사소송법도 큰 문제는 그럭저럭 넘어갔으나, 「집행문」에 대해서는 해당 법조문을 베끼는 정도에 그쳤다.

마지막 날, 형법에서 몇 해 전에 출제되었던 「신뢰의 원칙」이 또 다시 출제되어 약간 당황했고, 「준사기죄」는 사기죄와 구성요건상으로 다른점을 부각시켜 써 내려 갔으나, 답안의 내용은 그리 신통치가 않았다.

형사소송법은 마지막 시험이라고 생각되어서 그랬는지, 긴장이 확 풀어져 답안 작성하는데 애로가 많았다. 「현행 형사소송법상의 인권보장제도」 문제는 배점이 60점이어서 시간 안배에 신경을 곤두세웠는데, 형사소송법의 전 영역을 포괄하는 문제여서 체계적으로 정리하여 기술하기가 꽤나 힘들었다.

시험이 끝나는 순간에 피로가 온몸을 엄습해 왔으나, 마지막까지 최선을 다했다는 사실 하나만으로도 상쇄가 될 수 있었다.

아내와 함께 사직공원을 거닐면서, 오래간만에 유쾌하게 웃을 수 있었다.

시험이 끝난 후의 긴긴 여름을 K형과 함께 낚시를 하면서 소일했다. 기다림 이외에, 필요한 것은 아무것도 없었다.

절기가 가을의 문턱을 넘어섰을 무렵의 어느 날 오후에 Y형이 합격소식을 전해 주었고, 우리 모두는 환희의 웃음을 나눌 수 있었다.

자식들을 위해 뼈를 깎는 고생을 해 오신 부모님의 은혜에 조그마하나마 보답을 해드린 것 같아, 나 자신 한량없이 기뻤다.

이어서 실시된 3차 면접시험을 초조한 마음으로 임했는데, 개별면접에서는 심사위원들께서 주로 형법·민법·민소법 등 법률지식에 대한 내용들을 질문하였는바, 막상 대답을 하려니 긴장이 된 탓으로 제대로 되지가 않았다. 아는 한도 내에서 솔직·성실하게 답변하는 것 이외에, 다른 방법이 없었다. 이튿날의 집단면접시험, 시험위원께서 「수사권의 경찰이양」에 대해 토론하라고 하셨다. 토론자 모두가 부정적 측면에서 수사권의 경찰이양은 아직 시기상조라는 입장을 피력하였는데, 정작 시험위원께서는 긍정적 측면에서의 대답을 기대하셨던 것 같다.

VI. 방법론

소위 고시방법론에 대해서는, 그간 많은 합격기를 통하여 상세하게 알려져 왔다. 각 개인이 각자 그 고유의 개성을 지니고 있듯이, 방법 또한 모든이들에게 천편일률적일 수는 없을 것이다. 따라서 내게 있어서 최고의 방법이라고 해서 다른 이들에게도 최선의 방법이 될 수는 없으며, 각자의 성향이나 적성에 따라 취사 선택되어져야 할 것이다. 우리는 방법을 몰라서 시행착오를 저지르기보다는, 오히려 알고 있는 방법을 실제로 실행에 옮길 의지력이 부족하기 때문에 그토록 숱한 시행착오를 범하고 있다고 보는 것이 십중팔구 타당할 것이다.

예상문제를 추려내어 모든 것을 요행에 맡겨버리는 저열함에서 탈피하여, 하나부터 차근차근 겸허한 정신자세로써 습득해 나가는 정도를 걸음으로써, 우리는 최후의 순간에 승리할 수 있을 것이다.

한 권의 책, 아니 한 페이지의 내용이라도 완전하게 이해하여 살아 있는 지식으로 만들겠다는 끊임없는 자기성찰을 통해서만이, 우리는 목표에 다다를 수 있다. 인간이 인간을 평가하기 위한 제도의 불합리성을, 우리는 잘 알고 있다. 일어선 자와 넘어진 자의 상이점을, 우리는 쉽사리 찾아낼 수 없다.

하지만 일단 경쟁의 대열에 발을 들여놓은 이상, 승리해야 하지 않을까?

공정한 페어 플레이를 통한 실행의 문제만이 우리들의 앞에 놓여 있다.

Du sollst, denn du kannst.

VII. Epilogue

오늘의 내가 있기까지 낳아주시고 키워주신 부모님께 이 모든 영광을 돌리며, 장인·장모님께도 감사드립니다. 그리고 그동안 각별한 관심을 가지고 지도해 주신 여러 교수님들께 진심으로 감사드리며, 병상에 계시는 은사님의 조속한 쾌유 있으시기를 빕니다.

세계인권선언기념일에의 딸 효진이의 탄생은 1984년의 나의 개인적 기쁨을 배가 시켜주는 경사였습니다. 이제 모든 것이 이루어지고, 또 모든 것이 끝났을지도 모릅니다. 그러나 하나의 끝은 또 다른 하나의 새로운 시작일 뿐입니다. 우리는 인생을 살아가면서, 마침표를 찍을 수는 없습니다. 단지 쉼표 뿐.

끝으로 K_1형님, K_2형님, Y형, K형, H형의 조속한 합격을 바라며, 아울러 동도제현의 건투를 빕니다.

(1985. 5. 월간고시)

나를 믿어준 사람

1

2010년 경 어느 날 오후. 사무실로 한 통의 전화가 걸려왔다.
수화기 저편에서 장년 남성의 목소리가 전해져 왔다. 박상엽
변호사가 맞느냐? 네, 그렇습니다만.

나는 박종필이라고, 기억할지 모르지만 옛날에 함께 고시공
부한 적이 있지 않으냐. 여기는 미국 미주리주다. 지금 새벽시간
인데, 술 한잔 마시고 자네가 생각나 전화하였다.

아니! 내가 변호사인 줄은 어떻게 알았으며, 사무실 전화번
호는 또 어떻게 알아내어 전화까지?

자네가 공부를 열심히 하지 않았나? 함께 공부할 때, 자네를 눈여겨 보았었지. 시험에 꼭 합격할 친구라고 굳게 믿었었다네. 대한변호사협회에 전화를 걸어, 박 아무개 사무실 전화번호를 물었더니, 금방 대더란다.

아이구머니! 박종필 선배님의 한 시골출신 청년에 대한 믿음과 신뢰가 오늘의 나를 만든 것이었고나.

하, 그거 참! 수화기에서 믿음의 말들이 폭포처럼 쏟아져 나오는 순간, 나의 기분은 참으로 묘하고도 짠했다. 박 선배님은 행정고시 준비를 하다가 결국 포기하였단다. 그러고는 1980년대 중반에 미국으로 이민 갔단다.

40년 전으로 돌아가보자.

1979년 나는 서울 용산구 후암동 소재 남산고시원에서 숙식해 가며, 소위 고시공부란 것을 하고 있었다. 일명 해방촌으로 불리는 동네다. 부근에 대입학원이 있어, 재수생들까지 입실해 있는 바람에 분위기가 좀 어수선하였다. 나는 1년 휴학 끝에 복학한 대학 2학년생. 나이래야 갓 스물하나.

생각이 깊었(?)던지, 10년 나이 많은 이들과도 스스럼없이 어울렸다. 주량도 꽤나 되니, 선배들이 귀여워 해주면서 수시로 술자리에까지 끼워주었다. 함께 태릉 배 밭에도 놀러가, 역시 놀러온 아줌마들과 어울린 적도 있다.

정치학과를 졸업한 보성벌교 출신의 이용주 선배. 부인이 있었고, 당시 그녀는 용산구 보건소 소속 간호사였다.

부산에서 대학을 졸업하고는 고시공부를 위해 서울로 올라온 신현무 선배. 농대를 졸업하고, 대학 재학시절 밴드그룹을 결성하여 활동하기도 했던 박종필 선배. 30대 중반의 나이에도 중후한 인품을 보여주던 조병수 선배. 이 분들은 모두 1940년대 후반에 출생한 분들로, 당시 나와 함께 남산고시원에서 청운의 꿈을 이루기 위해 고군분투하고 있었다.

정국이 어수선했던 1980년. 내가 그곳을 떠나 천안 광덕사 아랫마을로 거처를 옮기기 전 어느 여름날, 신 선배는 고시에의 꿈을 접겠다면서 짐을 싸선 부산으로 떠나갔다. 송별회 낮술을 들이켜면서, 선배님은 '~미스킴도 잘 있어요, 미스리도 안녕히~'하는 부산항 관련 유행가를 구성지게 불러제켰다. 서울에 남은 이들은 짐 한꾸러미씩을 손에 들고는, 불콰한 얼굴꼴들을 한 채 서울역까지 짐을 날라다 주었다. 신 선배는 그 후 부산소재 어느 대학의 교직원을 거쳐, 부산MBC 정치부 기자로 이름을 날렸다.

조병수 선배는 조달본부 사무관으로 재직하면서, 국외연수로 프랑스 유학을 하였다. 내친김에 학문의 길로 들어서서, 프랑스 대학에서 경제학 박사학위를 취득하여 귀국하였다. 조 선배님은 중앙대학교 경제학과 교수로 재직하다가 정년퇴직하였다.

소식이 끊겼던 박 선배는 전혀 뜻밖에 전혀 예상하지 못했던 방식으로 소식을 전해주면서, 나에 대한 믿음과 신뢰를 확인시켜 주었다. 그러면, 털털하면서도 후덕한 인품의 소유자인 이용주 선배는? 호남출신으로서 변호사이면서 국회의원인 이용주는 있으나, 그는 내가 아는 이용주보다 한참 나이어린 동명이인이라는 사실이 그저 안타까울 뿐이다.

2

아내와 함께 지리산 종주 산행을 즐겨 하던 2000년대 중·후반을 보낸 이후에도, 우리 부부는 한동안 산행을 즐겼다. 2009년인가 2010년쯤 주왕산 산행을 한 적이 있다. 아침 이른 시간

부터 산행에 나선 아내와 나는, 여유 있게 등산을 끝낼 수 있었다. 늦은 점심을 먹기 위해, 청송군 진보면 신촌리 약수촌을 찾아갔다. 청송군 내에서는 달기약수가 유명하지만, 신촌약수도 꽤나 알아주는 편이다. 조롱박으로 약수를 받아 꿀꺽꿀꺽 마신 다음, 식당에서 닭백숙을 주문하여 막걸리를 곁들여선 오붓하니 오찬을 즐겼다. 적당한 크기의 닭은 약수로 끓이고 또 녹두를 넣어 요리하여 식탁에 올려졌다. 식사를 마치고 식당을 나온 우리 부부는, 소화도 시킬 겸 부근에 위치한 미술관으로 발걸음을 옮겼다.

청송군립 야송미술관. 폐교된 신촌초등학교 교사를 개조하여, 2008년 개관한 미술관이다. 야송(野松)은 미술관 관장이신 이원좌(李元佐) 선생의 호가 되겠다. 선생은 1939년생으로, 홍익대 미대 동양화과를 1967년에 졸업하였다. 1층 출입문을 들어서자, 한쪽 넓은 벽면을 꽉 채운 대형 산수화가 시선을 압도한다. 너나 나나 절로 입이 쩍 벌어진다. 바위와 계곡, 폭포와 숲을 표현한 붓의 휘둘림이 활력 있고 또 웅혼하다. 아내와 함께 2층으로 올라가선, 전시실에 걸려 있는 선생의 산수화 작품 한점 한점을 감상해 나간다.

어느새 관장님이 따라 올라와, 우리 부부 곁에 선다. 부부가 나란히 선 채, 허리를 굽혀 선생님께 인사를 올린다. 등 뒤 허리까지 내려오는 백발을 단정히 묶었다. 턱 아래 흰 수염은 한자 길이다. 얼굴을 비롯한 선생의 외모가 그야말로 다부지고 당차다. 바위산에 우뚝 서선 모진 바람을 버티고 있는 장송 같다. 그러고 보니, 인물의 풍채와 분위기가 호에 걸맞다는 느낌이 든다. 전국의 명산을 찾아다니며 그렸다는 작품들이 도록에 빼곡하다. 북한에 가 금강산을 스케치한 후 돌아와 완성한 그림들이 성에 안 차, 전부 찢어버렸다는 얘기를 들려주신다.

부부가 2층 전시실 작품들에 대한 감상을 끝내기 전에, 선생은 먼저 1층으로 내려가셨다. 평소 미술작품에 관심이 많은 부부이긴 하지만, 사이즈가 큰 작품을 감히 넘볼 수는 없겠다. 소품 중에서도 경주 양동마을을 그린 작품이 여러 점 걸려 있었다. 그 중에서도 동호정(東湖亭)을 그린 작품이 맘에 드는 것이었다. 저쪽도 마찬가지라는 것이렷다. 하지만 당장 주머니 속에 있는 돈을 양쪽 다 달달 털어 모아도, 30만원이 채 안될 텐데……. 감상을 끝낸 후 1층으로 내려와선, 관장님을 찾았다.

전시된 선생님의 작품들 중 소품 하나에 마음이 끌리긴 하는데요, 당장 가진 돈이 없어서요. 우리 부부의 망설임 앞에, 선생은 한치의 머뭇거림도 없이 왈.

오늘 그 그림을 가져가시고, 돈은 천천히 보내 주세요.

아니 저희 부부가 어디 사는 누군지도 모르시는데, 도대체 뭘 믿고 소중한 작품을 덜컥 내주려 하시나요?

다 믿을만하니까 내주겠다는 거 아니것소!

부부는 서로 마주보며 얼굴을 붉혔다. 선생은 직원을 시켜 그림을 떼어 와선 포장하게 한다. 생면부지인 나에 대해 보여주시는 선생의 믿음과 신뢰 앞에, 나의 심장은 그야말로 천방지축으로 뛰놀았다. 감격, 또 감격.

나는 감사함을 표하면서도, 선생의 면전에서 지갑 속 운전면허증을 꺼내 보여드리면서 나의 이름과 주민등록번호, 주소를 적어나갔다. 그 다음날인 월요일, 사무실에 출근하자마자 작품대금 백여만 원을 선생님의 계좌로 입금해 드렸다. 거기에다 덧붙여, 선생께서 친필사인하여 우리 부부에게 선물한 작품도록에 대한 답례로 내가 쓴 수필집을 사인하여 보내드렸다.

선생의 작품 「양동 동호정」은 크기가 32x24cm로서, 2003

년 작이다. 작품에는 동호정의 수려한 풍광뿐만 아니라, 선생의 우리 부부에 대한 믿음과 신뢰가 함께 묻어 있다.

야송 선생의 작품은 우리 부부가 살고 있는 아파트에 줄곧 걸려 있다가, 아들이 2016년 결혼한 이후 어느 날 아들과 며느리가 거주하고 있는 강화도 아파트로 옮겨 갔다. 그날 이후 현재까지, 젊은 부부의 일상생활을 우리 부부 대신 묵묵히 지켜보고 있다.

(2020. 2. 대전지방변호사회보 37호)

숭조(崇祖)의 길

숭조(崇祖)·애종(愛宗)·육영(育英)

규정공파 대종회의 종강삼시(宗綱三是)입니다.

어설프게나마 풀이하자면,

선조들을 지극정성으로 받들어 모심과 아울러 그 공덕을 더
욱 빛내자.

종원들 간에 화목을 도모하고 종회의 종사에 적극 참여하자.

후손들의 교육에 힘써 훌륭한 인재들을 육성하자.

그러면 과연 어떻게 하는 것이 숭조의 길일까요?

전국의 내로라하는 문중들이 그동안 배출된 출중한 인물들의 묘역을 단장합니다. 봉분의 크기나 묘역의 규모가 왕릉 부럽지 않습니다. 줄지어 세운 비석과 신도비들이 주변의 지세를 찍어 눌러 답답한 느낌이 따르는 건 피할 수 없는 일이 되고 맙니다. 재실과 사당도 다른 문중의 그것에 질세라 시간이 갈수록 경쟁하듯이 그 규모가 점점 커져만 갑니다. 다른 문중에 질 수 없다는 엇나간 자존심이나 쓰잘 데 없는 허례허식의 발로에서 연유한 결과물이라고나 할까요?

십 몇 대조 할아버지가 이러이러한 대단한 벼슬을 하셨고, 조정으로부터 이런 거창한 시호를 받았노라고 자랑하는 이들이 있습니다. 이런 나열은 한 대로 끝나지 않고 몇 대조 몇 대조 하면서 숨 돌릴 틈도 없이 줄줄이 이어집니다. 족보를 펼쳐놓고 손가락으로 일일이 짚어가며 면전에서 점점 기죽고 위축되어가는 이들의 그늘진 표정을 회심의 미소를 지어가며 마냥 즐깁니다. 족보의 해당 페이지는 그동안 부지런하고 화통(?)한 주인 만나 고생깨나 한 듯 너덜너덜합니다.

전(殿)·단(壇)이나 묘(墓)·부조묘(不祧廟)에서 매년 일정한 날을 정하여 선조들의 제사를 모시고 있습니다. 규모에 차이가 있긴 하나 큰 제사는 춘분대제니 추분대제의 명칭으로 불리우고 있습니다. 묘제니 시제니 하는 이름으로 흔히 일컬어지는 기제사에는 전국에서 많은 종인들이 참석하여 경건한 마음으로 선조들의 넋을 기리게 마련입니다. 어느 문중을 가릴 것 없이 초헌관·아헌관·종헌관 등 제관들이 폼 나고 화려한 복장으로 늘어서 순서에 따라 술잔을 올립니다. 제관선정의 현실적 기준을 알고 나면 허탈해지고 또 얼굴 붉어지는 경우도 없지 않다고 들었습니다. 제관들이 사진을 찍어 확대하여 집이나 사무실에 걸어두고는 찾아오는 사람들에게 입에 침이 마르도록 자랑함을 애교로 보아 넘기기에는 여러모로 심기가 편칠 않습니다.

자, 이쯤해서 선조들의 후손들에 대한 진정한 바람이 무엇인지를 살펴볼까요?

과연 선조들께서 분에 넘치는 묘역단장과 재실 사당 건축을 숙원하실까요? 다른 문중보다 더 높고 무겁게 제물을 진설하여 시제 지내주는 후손을 칭찬하고 또 그에게 더 많은 복을 내리실까요? 그렇게 하면 남 보기에 좋아 보이고 또 그때그때 종인 입장에서 흡족한 마음이야 들겠지만, 정작 조상님들께서 바라시는 바는 따로 있지요. 후손들이 설령 숭조차원에서 그렇게 한다 하더라도 선조들의 벼슬이 더 높아지거나 명예가 더 쌓이지는 않습니다. 설령 그것이 가능하다 하더라도 웅숭깊은 조상님께 서는 그와 같은 호사를 바라지도 않으십니다. 선조들의 진정한 바람은 다름 아닌 후손들이 바른 사람이 되고 또 사회로부터 존 경받는 인물로 성장하는 것입니다. 어머님의 자식들에 대한 바 람과 진배없지요.

숭조의 길은 어떤 것인가요?

가장 중요한 것은 문중에 대대로 전해 내려오는 의식과 정신 의 계승입니다. 황금만능주의 시대에 덩달아 물질문명의 추구 에 경도될 것이 아니라, 항시 깨어있는 의식을 가진 수행자가 되 어야 합니다. 몇 백 년 전의 조상을 자랑하고 가문의 위세를 과 시하는 것에 그칠 것이 아니라, 나 스스로 참인간이 되기 위해 분발하여야 할 것입니다. 훌륭한 선조께서 쌓으신 위업과 정신 의 맥을 제대로 물려받아 제대로 이어주는 것이 다름 아닌 숭조 의 길입니다. 현대에 접어들어 훌륭한 선조들을 손가락으로 꼽 는 일은 어느 문중의 후손을 불문하고 가능한 일이 되었습니다. 그렇지만 안타깝게도 선조들의 업적과 정신을 제대로 계승하지

아버지의 기침소리가 새벽을 깨우고

못하는 가문이 적지 않습니다.

아들·손자에게 온갖 수단 방법을 다 동원하여 일류 대학을 졸업하고 잘나가는 직업을 갖는 것이 성공한 인생이라고 가르치는 아버지·할아버지는 너무 약아 보이는 군요. 그런 부류의 사람들은 자기에게 손해되는 일은 잘 하지도 않고 또 남의 자식 귀한 줄도 모르지요. 나이가 들수록 탐욕의 노예가 되는 사람들이 많고, 자신의 부를 과시하면서 이를 내세워 권력과 명예를 돈으로 사려는 치들도 많아 보입니다. 맘껏 경제적 여유를 누리면서도 주변에는 베풀지 못하고 마냥 인색하기 짝이 없는 부류의 자들도 종종 눈에 띕니다. 적선지가(積善之家)에 필유여경(必有餘慶)이거늘……. 사위를 돈으로 사다시피 딸을 결혼시켜 친정 옆에 붙박아 놓고는 시시콜콜 간섭하는 이들도 많습니다. 딸을 잘 가르쳐 다른 가문에 출가시켜 며느리 역할을 제대로 할 수 있도록 부모가 대오각성 하여야 합니다.

손자·손녀들을 비롯한 젊은이들과 대화하고 원만하게 어울리기 위해서는 시대의 흐름과 유행을 잘 읽어야 하고, 또 덕성의 함양을 위해 부단한 노력을 해야 합니다. 손자·손녀들도 용돈을 두둑이 주는 할아버지를 따르고 자주 찾는다는 사실을 간과해서는 아무리 나이가 들어도 그들과 쉽사리 어울릴 수 없습니다. 식탐도 좀 줄이고, 허구한 날 티브이 리모컨이나 붙들고 앉아 있을 것이 아니라 앞장서서 책도 좀 읽고 일기도 써가면서 집안의 분위기를 추슬러야 합니다. 내 생일 챙겨달라 자식들에게 바라기만 할 것이 아니라 궂은일 도맡아 하다가 어느새 늙어버린 맏며느리의 생일상도 좀 챙겨줄 줄 알아야 합니다.

우리 규정공파 대종회의 종사복무 신조의 세 번째 항목도 '자손만대에 부끄러움 없는 일을 하자'입니다. 나 스스로 부단한 수양을 통해 참인간이 되고, 후손들을 훌륭하게 교육하여 사회와 국가에 꼭 필요한 인물로 키우는 일이야말로 조상을 받드는 길임과 동시에 가문의 전통과 선조의 숭고한 정신을 계승하고 발전시키는 길입니다.

자, 알았으니 이제 아는 대로 행해야지요. 자고로 알면서도 행동에 옮기지 않음은 죄악이라 했습니다.

(밀양 박 씨 규정공파대종회 2014년종보)

「사인공 일록」발간에 부쳐

대한민국의 최근 50년간 사회변동은 과거 500년, 아니 1,000년간의 그것보다 크다고 해도 과언이 아니다.

오랫동안 지속된 농업위주의 사회에서 산업사회를 거쳐 정보화 시대에 진입하기에 이르렀다. 급격한 사회변화가 물질적인 풍요 등 긍정적인 효과를 가져 온 것은 분명한 사실이다. 그러나 윤리·도덕규범의 붕괴와 이에 따른 인간소외와 육체적·정신적 타락 등 부정적인 측면 또한 결코 간과할 수 없는 실정이다.

자고로 교육이란 가정교육·학교교육·사회교육을 통틀어 전반적 지속적으로 이루어지는 것이 지극히 당연하다. 그러함에도 복잡다단한 현재의 한국사회에서는 학교교육만이 겨우 명맥을 유지하고 있을 뿐 가정교육과 사회교육은 허울뿐이다.

학교교육도 처음부터 끝까지 입시위주의 학원식 가르침일 뿐 인성과 관련된 부분은 눈을 씻고 봐도 찾아볼 수 없게 되었다. 그 당연한 결과로 젊은이들이 똑똑하다는 소리를 들을수록 더 이기적이고 또 버릇없기가 한량없다.

아들을 잘못 가르치면 자기 집안을 망하게 하고, 딸을 잘못 키우면 남의 집안을 망하게 하기 마련이다. 그래서 시대가 변했다고 둘러대고 또 고리타분하게 가문 따위나 거론한다고 힐난하는 자들이 많다 해도, 가정교육의 중요성을 재삼 강조하지 않을 수 없다.

훌륭한 선조를 두고 있다는 것은 어느 가문의 후손들에게나 여러모로 자랑스런 일이다. 현조께서 남기신 탁월한 뜻과 궁륭한 정신을 이어받아 어엿한 인물이 되어 가문을 빛내고, 더 나아가 이웃과 사회를 위해 넉넉한 그늘을 드리우는 아름드리 느티나무로 설 수 있다면 더 바랄 것 없는 인생이라 할 것이다.

그런 측면에서 이번 「사인공 일록(舍人公 逸錄)」 발간은 모든 후손들에게 매우 뜻깊고 보람있는 사업임에 틀림없겠다. 부디 밀양박씨 사인공파 모든 후손들이 「사인공 일록」을 통해 현조께서 전해주신 웅대한 포부와 나라사랑의 우국충정을 기리고 더 나아가 이 사회와 국가, 그리고 인류를 위해 무엇을 할 것인가를 고민하는 계기를 마련하길 바란다.

(2013. 「사인공 일록」)

편지를 통한 선조들의 자손교육

1. 연암 박지원 선생의 예

아이들에게

『아동기년』(我東紀年) 두 권을 지었으나 실로 소략함이 많아 탄식할 만하다. 그러나 교열하기엔 좋으니 모름지기 뇌아(賴兒: 연암의 차남인 박종채를 일컬음)에게 주어서 수시로 자세히 보게 함이 좋겠다. 어리고 총명할 때 보아야 할 책이다.

『박씨가훈』(朴氏家訓) 한 권을 가지고 올라갔느냐? 선조의 이름을 휘(諱)하는 의미로 이름 위에다 푸른색 종이를 붙이는 게

어떻겠니? 이 책은 일절 남에게 빌려주지 않았으면 한다. 잃어
버리기 쉽기 때문이다.

『소학감주』(小學紺珠)는 간신히 베껴 썼거늘 공연히 분실했
다니 어찌 몹시 애석하지 않겠니? 넌 책에 대해 이렇게도 성의
가 없으니 늘 개탄하게 된다.

나는 고을 일을 하는 틈틈이 한가로울 때면 수시로 글을 짓
거나 혹 법첩(法帖)을 놓고 글씨를 쓰기도 하거늘 너희들은 해
가 다 가도록 무슨 일을 하느냐? 나는 4년간 『강목』(綱目)을 골
똘히 봤다. 두어 번 두루 읽었지만 연로하여 책을 덮으면 잊어버
리는지라 부득불 작은 초록(抄錄) 한 책을 만들지 않을 수 없었
는데 그리 긴한 것은 아니다. 그렇기는 하나 재주를 펴 보고 싶
어 그만둘 수가 없었다. 너희들이 하는 일 없이 날을 보내고 어
영부영 해를 보내는 걸 생각하면 어찌 몹시 애석하지 않겠니?
한창 때 이러면 노년에는 장차 어쩌려고 그러느냐? 웃을 일이
다, 웃을 일이야.

고추장 작은 단지 하나를 보내니 사랑방에 두고 밥 먹을 때
마다 먹으면 좋을 게다. 내가 손수 담근 건데 아직 완전히 익지

는 않았다. (『고추장 작은 단지를 보내니』박지원 지음/박희병 옮김 -
돌베개- 2005년 판 25~26면에서 인용)

연암 선생은 18세기 조선후기의 실학자이자 문호로서, 정치
사적으로 뿐만 아니라 문학사적으로도 중요한 인물이다. 청나
라의 선진문명을 도입할 것과, 당쟁과 형식 내지 명분에 치우쳐
정체된 당시 조선사회의 모순에 대해 적나라한 비판을 가하였
다. 애초에 벼슬에는 뜻이 없다가 49세에 이르러서야 음직으로
출사하여, 안의현감·면천군수·양양부사를 역임하였다. 크게 내
세울만한 관직은 아니지만, 후세에 끼친 영향력은 조선조 어느
정승보다도 크다 하겠다.

앞서 본 편지는 연암이 60세 되던 1796년 안의현감 재직 시
에 종의·종채 두 아들에게 보낸 것으로 보인다. 호방한 성격과
장대한 골격의 연암으로서도 아비의 처지에서는 자식들에 대한
연민과 걱정이 끝이 없다. 시시콜콜하고 또 고리타분하기까지
하다. 하지만 분명한 것은 연암은 다정다감하면서도 좋은 아버
지라는 사실이다.

아버지의 기침소리가 새벽을 깨우고

2. 퇴계 이황 선생의 예

안도에게 보낸다

붓실이 등이 돌아올 때 가지고 온 편지를 받아보고, 너희 일행이 무사히 덕원에 도착하였음을 알게 되니 말로 다할 수 없을 정도로 기쁘다.

이곳 대소가는 모두 여전하다. 다만 겨울이 끝날 무렵 안기에 있는 네 아버지는 진상품을 바치러 서울로 올라가는 안동 아전 편에 편지를 부쳤고, 나는 네 종고모부 박세현이 서울로 올라가는 편에 편지를 부쳤으나, 이윽고 박세현이 서울로 올라가지 않게 되는 바람에 그 편지는 중간에 분실되고 말아 몹시 아쉬웠다.

나는 뜻밖에 서울로 올라오라는 임금님의 명령을 받고 부득이 추위를 무릅쓰고 길을 나선다. 하지만 스스로 생각해 봐도 병이 깊어서 서울까지 가기는 어려울 것 같다. 형편을 보아서 올라가는 도중에 사직을 청하려고 하지만, 언제 윤허를 받을 수 있을지 알 수 없어서 답답하고 또 걱정된다.

너는 언제 성균관에 들어가려 하느냐? 그곳 덕원에서는 게으름을 피우지 말고 열심히 노력하고, 성균관에 들어가서는 모든 일을 조심하거라. 나는 지금 출발하면서 덕원으로 떠날 네 큰처남 편에 부치려고 급히 편지를 쓰느라 다 적지 못한다.

병인년 1월 26일 토계에서 할아버지가

추신

붓실이 등이 가져온 물건은 잘 받았다. 네 장인께 고맙다는 말을 전해주면 좋겠다. 단숙이는 별 탈 없이 잘 지낸다. 백지 한 권과 부채 두 자루를 보내니, 부채 한 자루는 네 장인께 드려라. 네 종고모부 민시원이 지난해 12월에 종전의 병이 더쳐서 세상을 떠나고 말았다. 슬프기 그지없구나. 서울에 와서 성균관에 들어가면 매사 지극히 조심해야 할 것이며, 말을 더욱 조심하지 않으면 안 된다. 지금은 처신하기가 지극히 어려운 때이니, 여느 때처럼 처신해서는 안 될 것이다. (『퇴계가 손자에게 보낸 편지-안도에게 보낸다』 퇴계 이황 지음/정석태 옮김 -들녘- 2005년 판 115~116면에서 인용)

이것은 1566년 66세의 퇴계 선생이 장손자로서 당시 함경도 덕원에 머무르고 있던 26세의 안도(安道)에게 보낸 편지이다. 퇴계 선생은 생전에 의정부 우찬성·판중추부사를 제수받고, 사후에는 영의정에 추증되고 문묘와 선조의 묘정에 배향될 정도로 화려한 이력의 소유자이다. 주리설(主理說)을 집대성하였으며, 영남학파의 거목이자 퇴계학파의 창시자이기도 하다.

퇴계 선생의 아들들이 기대에 부응하지 못했는지, 선생의 장손에 대한 관심과 기대는 사뭇 컸다. 안도가 15세가 되어 외지로 나간 때부터 시작된 할아버지의 편지는 선생이 70세를 일기로 서거하기까지 16년간 줄곧 이어졌다. 후진양성에 심혈을 기울였던 퇴계였느니만큼, 장손인 안도에게는 시도 때도 없이 잔소리하는 영락없는 훈장영감이었다.

퇴계는 마음이 활짝 열려있는 큰 스승이었다. 사단칠정론과 관련하여 무려 스물여섯 살이나 아래인 고봉 기대승과 편지 교류를 통한 치열한 논쟁을 벌이면서도 결코 예의를 잃은 적이 없었다. 후배의 반박을 겸허하게 수용하고, 또 자신의 오류를 흔쾌히 바로잡았다. 이런 존경스런 할아버지를 둔 안도는 선생의 기대에 부응하였다. 큰 벼슬은 하지 않았으나, 반듯하게 자랐다.

선생의 사후에는 조부의 문집발간을 위시하여 현창사업에 매진
하였다.

퇴계는 누가 봐도 존경스런 스승이요 할아버지였다.

3. 다산 정약용 선생의 예

두 아들에게 부치노라

새해가 밝았구나. 군자는 새해를 맞으면서 반드시 그 마음가
짐이나 행동을 새롭게 하려고 한다. 나는 소싯적에 새해를 맞을
때마다 꼭 일 년 동안 공부할 과정을 미리 계획해 보았다. 예를
들면 무슨 책을 읽고 어떤 글을 뽑아 적어야겠다는 식으로 작성
을 해 놓고 꼭 그렇게 실천하곤 했다. 때론 몇 개월 못 가서 사고
가 발생해 계획대로 되지 않을 때도 있었지만, 아무튼 좋은 일을
행하고자 했던 생각이나 발전하고 싶은 마음은 없어지지 않아
많은 도움이 되었다. 내가 지금까지 너희들 공부에 대해서 글과
편지로 수없이 권했는데도 너희는 아직 경전이나 예악에 관해
하나도 질문을 해오지 않고 역사책에 관한 논의도 보여주지 않

고 있으니 어찌된 셈이냐? 너희들이 내 이야기를 이다지도 무시한단 말이냐? 도회지에서 자란 너희들이 어린 시절에 보고 배운 것이 문전의 잡객이나 시중드는 하인이나 아전들뿐이어서 말씨나 마음씨가 약삭빠르고 비천할 수밖에 없겠지. 이런 못된 병이 골수에 박혀 너희 마음속에 착한 행실을 즐겨하고 공부하려는 뜻이 전혀 없는 것이다.

내가 밤낮으로 애태우며 돌아가고 싶어 하는 것은 너희들 뼈가 점점 굳어지고 기운이 점점 거칠어져 한 두 해 더 지나버리면 완전히 나의 뜻을 저버리고 보잘 것 없는 생활로 빠져버리고 말 것이라는 초조감 때문이다. 작년에는 그런 걱정에 병까지 얻었었다. -중략- (『유배지에서 보낸 편지』 정약용 지음/박석무 편역 - 창비- 2008년 판 65~66면에서 인용)

다산 선생이 1803년 정월 초하루에 학연·학유 두 아들에게 보낸 편지이다. 다른 날도 아닌 새해 첫날에는 누구에게나 넉넉한 덕담을 건네는 것이 인지상정이라 할 것이다. 그런데도 선생은 편지의 초입에서부터 두 아들을 야멸차게 몰아세운다. 선생의 성격이 그대로 글줄에 배어나온다. 유배지 생활이라는 특수한 상황이, 자식들에게 보내는 편지에도 얼마간 반영되었을 수도 있다. 모르긴 몰라도 편지를 받아본 아들들로서는, 당장 아버지에 대한 서운함이 앞섰을 게다.

하지만 아들들에 대한 선생의 기대와 관심, 사랑의 마음이 행간에 절절 흘러넘치고 있다.

정약용 선생은 28세에 문과에 급제하여, 한림·교리·곡산부사·동부승지·형조참의를 역임하며 승승장구하였다. 그러나 정조가 승하한 이후 형제들과 함께 신유사옥에 연루되어, 40세 때부터 장장 18년 동안 유배생활을 하였다. 선생은 유배기간 동안 500여권의 방대한 실학관계 저작을 남겼다. 『목민심서』는 현재도 두터운 독자층을 확보하고 있을 뿐 아니라, 베트남의 민족 지도자 호치민도 늘 곁에 두고 애독하였을 정도로 국제성을 지니고 있기도 하다.

남의 집 아들의 면면을 알고 싶으면 그 아버지를 보라고 한다. 딸이 어떤 수준의 여자인지를 알고자 하면 그 어머니를 보면 된다고도 한다. 자고로 존경할 만한 아버지 밑에 막 돼 먹은 아들 없는 법이다.

다산은 꼬장꼬장하면서도 멋진 아버지였다.

아버지의 기침소리가 새벽을 깨우고

4. 편지를 통한 자손 교육의 가능성

현대 사회에서 서로 간에 편지를 써서 주고받는다는 것이 과연 가능한 일이겠는가? 쉽지가 않다. 더구나 현재의 한국사회에서는 아예 난망한 일이 되고 말았다. 사람들이 책을 읽지 않고, 어른 애 가릴 것 없이 대다수가 인터넷·스마트폰에 빠져 헤어날 줄을 모르는 현상과도 연결되어 있다.

멀리 떨어져 있는 자손들에게 편지 쓰는 것은 고사하고, 한 지붕 아래 함께 살면서도 가족 간에 대화와 소통이 단절되어 있다. 기계와 물질이 인간들을 지배하고 분리시키고 급기야는 황폐화시키고 있다.

편지는 소통이자 교류이다. 누가 일방적으로 편지를 보내고 상대방은 시종 그것을 받는 입장만을 고수해서는, 편지로서의 정상적인 기능을 유지하는 것이 곤란하다. 아들·손자에게 편지를 쓰는 일도 힘들거니와, 설령 그것이 가능하다 해도 자손들의 반응이 없으면 집안어른의 후손들에 대한 관심과 배려도 어쩔 도리 없이 빛이 바랠 수밖에 없겠다.

그렇다면 시대의 변화에 따라 선조들의 편지를 통한 자손 교육은 새로운 진로를 모색하여야 할 것이다. 최근 수십 년 사이에 한국인들의 평균수명이 부쩍 늘어났다. 그에 따라 은퇴 후의 인생도 덩달아 늘었다. 아버지와 아들이 노인으로 동시대를 살면서 더불어 늙어가게 되었다. 이제 더 이상 고희연이다 희수연이니 미수연이니 해서 주변사람들에게 이런저런 부담 안겨줘 가며, 먹고 마시는 이외에는 별 의미도 없는 잔치를 주기적으로 벌일 것이 아니다.

아들·딸과 며느리·사위, 그리고 손자·손녀들로 하여금 할아버지 할머니와의 사이에 있었던 애틋한 추억이나 존경의 마음을 글로 적게 하거나, 본인 스스로 자서전을 엮어서 앞서 본 날들을 기리는 때에 맞춰 함께 모아 책이나 문집으로 펴낸다면 여러모로 좋은 일이 될 것이다.

한걸음 더 나아가 늙은 아들이나 며느리가 위와 같은 경삿날을 맞았을 때 그들보다 한수 더 늙은 부모와 시부모까지도 가족의 일원으로서 축하 문집 발간에 기꺼이 동참해 준다면, 그것이야말로 편지를 통한 자손교육의 현대판 버전이 될 것이다.

(밀양 박 씨 규정공파대종회 2015년종보)

아버지의 기침소리가 새벽을 깨우고

진광불휘(眞光不輝)

예나 지금이나 여자는 자신을 예뻐해 주는 남자를 위해 거울 앞에 앉아 열심히 화장을 하기 마련이다.

이와는 달리 사내는 모름지기 자기를 알아주는 이를 위해 목숨을 내놓는 것도 마다하지 않는다.

그래서 남자들 세계에서는 의당 인간관계가 중요시된다. 세상에는 많은 재산을 모았다고 뽐내는 사람과, 권력과 명예를 두 손에 움켜쥐었다고 으스대는 자들이 많다. 하지만 이들도, 주변에 자기와 뜻을 같이하는 이 서넛을 가진 사내 앞에서는 함부로 자신을 자랑하거나 내세울 게 못 된다. 뜻을 함께하는 사내들은 종종 세상을 일거에 뒤바꿀 수 있는 잠재력을 갖고 있기도 하기 때문이다.

친구가 많음을 자랑하거나, 사회 구석구석에까지 자신의 손길이 뻗쳐 있음을 은근히 과시하는 자들이 있다. 하기사 그네들이 한껏 떠벌리는 모습을 보고 있노라면, 일견 부럽다는 느낌이 드는 측면도 없지 않다. 보나마나 그들이 다음 말을 들으면 대뜸 펄쩍 뛸 것이다. 그러나 길길이 날뛰고 난 뒤의 허탈함 속에 곰곰 새겨보는 노력을 기울인다면 아름아름 깨달을 수도 있을 것이다. 아무리 좋은 것이라도, 많다는 것은 곧 없다는 것에 다름 아니다. 너무 많거나 넓은 것은 잘못된 길로 빠져드는 지름길이 되기 십상이다. 그래서 성인께서는, 넘치는 것은 모자람만 못하다고 제자들에게 일갈하셨다.

뜻을 같이하여 죽이맞는 사내들끼리 이심전심 공유하는 희열은, 티벳트 고원이나 몽골 초원의 밤하늘에서 마구 쏟아져내리는 주먹만한 별들을 온몸으로 받아내는 순간의 격정에 결코 뒤지지 않는다. 뜻을 함께함은 우정과는 격이 다르다고 봄이 옳을 것이다. 우정은 아무래도 동년배의 고리를 쉽게 벗어나려 하지 않는다. 그리고 학문과 일상생활의 범주에 머물기를 즐겨한

아버지의 기침소리가 새벽을 깨우고

다. 이에 비해, 뜻을 함께함은 동류의식의 제고를 통해 교류와 어울림의 폭을 확장한다. 시류에 대한 울분과 비판이 종종 등장하고, 때로는 늦은 밤까지의 통음이 뒤따르곤 한다. 비장미(悲壯美)에 심취하면서도 골계와 해학의 끈을 쉽사리 놓쳐 버리지도 않는다.

일송(一松) 송하섭 교수님과의 만남과 인연은 어려우면서도 우연한 기회에 이루어졌다. 우선 내가 선생님보다 나이가 열일고여덟 아래인 데다가, 그렇다고 선생님께 직접 배운 적도 없다. 게다가 전공도 나는 법학인데 반하여 선생님은 문학평론. 이쯤 되면 쉽게는 연결될 수 없는 조건들의 집합이라 아니 할 수 없을 것이다. 선생님께서는, 다들 알고 있는 바와 같이 짧지 않은 기간 동안 단국대학교 인문대학장과 부총장을 역임하셨다.

1990년대 중반 나와의 첫 만남이 이루어졌을 당시에 선생께서는 인문대학장 보직을 막 끝내셨던 것으로 기억된다. 불가능은 가능성의 도래를 표상하는 무지개요, 우연은 필연이라는 존재의 이명(異名)이다.

그 무렵 나는 변호사로서의 기본업무에 더하여 단국대학교 법대에 시간강사 자격으로 출강을 하고 있었고, 법대의 정주환 교수와는 줄곧 친분을 유지하고 있었다. 당시 선생님과 정교수 두 분이 이따금 술자리를 함께 하셨던 모양인데, 어느 날 주석에서 정교수가 나를 불러내겠다는 제의를 하고 선생님께서는 이를 허락하셨던 것 같다.

그 날 이후 선생님께서는 기회가 될 때면 나를 불러 합석을 시켜주셨고, 나는 그때마다 기분좋게 술마실 수 있는 행운을 누릴 수 있었다. 선생님의 호의와 배려, 그것은 그야말로 화광동진 (和光同塵)의 결과물이었다.

원래 말수가 적은 나인지라 선생님과 만남을 가질 때면, 으레 선생님께서는 말씀하시고 나는 시종 진지한 표정으로 듣는 입장이었다. 말씀을 통해 전달되는 선생님의 인품과 경륜, 인생관과 세계관에 빠져들다 보면 늘 시간 가는 줄도 모른 채 선생님 면전에서 학동의 진지한 얼굴표정을 지울 수 없었다.

손바닥도 마주쳐야 비로소 소리가 난다고 했던가. 모름지기 서로 주고 받아야만 그게 말 그대로 대화이지, 일방은 계속 얘기만 하고 다른 일방은 줄곧 듣기만 해서는 말하는 측이 제풀에 지쳐버려 이내 흥미를 잃게 되는 법.

요즘 세상에선 젊은이들이 말하기는 맘껏 즐기면서도 다른 사람들의 말은 당최 들으려 하지 않는 경향이 강하다. 이같은 추세가 심화되어 이제는 사회나 정부의 지도층이나 고위직 인사일수록 자신들의 말만 폭포수처럼 쏟아낼 줄만 알지, 정작 민초들의 살아 움직이는 여론은 아예 들으려 하지 않는다. 그들도 입으로는 어쩌다 한번씩은 '백성이 곧 하늘'이라고 내뱉기는 한다.

어찌됐든 선생님께서는 옆사람 얘기에 열심히 귀 기울일 줄도 아는 나를 어여삐 보아주셨던 것 같다.

좋은 변호사가 되기 위해서는 3W를 잘해야 한다는 말이 있다. 쓰기(Writing), 기다리기(Waiting), 걷기(Walking)가 바로 그것이다. 법원에 제출하는 각종 서면을 잘 써낼 수 있어야 하고, 사무실에서나 법정에서 의뢰인이나 자기 사건의 순서가 올 때까지 묵묵히 기다리는데 익숙해야 한다. 거기에다가 평소 원만하고 다양한 대인관계를 유지해나감으로써 고객관리도 잘 할줄 알아야 한다는 것이다.

평소 책읽기와 사색에 짬짬이 시간을 할애하고, 또 민사소송 서류작성도 글쓰기라고, 변호사 생활이 길어져 내 주제에 에세이 형식의 글들까지 써내다 보니 쌓인 분량이 꽤 많아졌다. 글같지 않은 글들을 묶어 펴낸 에세이집이 세권. 용기를 내어 그 중

두권의 발간에 즈음하여 선생님께 발문을 써 주실 것을 감히 부탁드렸다.

1999년 초겨울 출판한 『우로삐딱 기운 세상, 좌로삐딱 보아하니』와 2005년 늦가을 펴낸 『이런들 어떠하리, 저런들 어떠하리』가 바로 그 책들인데, 선생님께서는 흔쾌히 옥고를 건네주셨다.

선생께서는 법학도가 문학의 울타리 주변을 기웃거리는데 대해 칭찬과 격려의 말씀을 주셨지만, 나의 필력이 선생님의 기대를 충족시키기에는 너무 졸렬하다는 현실이 늘 걱정이고 또 부담이다.

선생님께서는 매년 정초 꼬박꼬박 신년휘호를 주시고, 나는 이를 가슴에 깊이 새기면서 한 해를 보낸다.

계미년에는 「적선성덕(積善成德)」을, 갑신년에는 「정언직행(正言直行)」을 내려주셨다. 또 을유년에는 「주선위사(主善爲師)」를 보내주셨고, 병술년에는 「세덕장상(世德長祥)」을 고르셨다.

선생님께 늘 신세를 지고 일방적으로 은혜를 받기만 하면서도, 나는 송구스런 표정 하나 없이 뭉게구름 걸쳐있는 하늘 아래 늘 태연자약하다.

아버지의 기침소리가 새벽을 깨우고

을유년 어느 꽃피는 봄날, 선생께서는 당신이 친히 쓰시고 단아하게 표구까지 한 이 백의 시구를 인편에 사무실로 보내주셨다.

그 취지가 시건방진 태도로 일관하는 나를 훈계하시고자 함인지, 아니면 모범생임을 만인 앞에 공인(?)하심인지를 나로서는 알 도리가 없다.

「난유향풍원(蘭幽香風遠)

「송한불개용(松寒不改容)」

그날 나는 선생님으로부터 내려받은 이 글씨를 나의 승용차에 고이 모시고 가장 짧은 시간과 가장 짧은 거리로써 집에 당도하였다. 그리고 집사람과 딸을 한켠에 나란히 세워놓고는 선생님의 가르침을 내 서재의 벽에 정성을 다해 걸었다.

평소 선비로서 걸어가야 할 길을 몸소 보여주시는 일송 송하섭 선생님!

존경하는 선생님께 오늘은 「진광불휘(眞光不輝)」라는 마음 속 네글자를 헌정하고 싶다.

(2005. 송하섭 교수 정년퇴임기념 문집)

사위란 녀석

장인 생일 축하한다고,

산 속 별장 빌려놨으니

함께 모여 즐겁게 보내자 하여

하루저녁 신 나게 놀아줬더니

옹졸하기 짝이 없는 녀석!

고작 집으로 돌아가 내 딸년에게

너의 엄마아빠

방귀뀌는 소리

다 들었다고 흉을 봤더라

사위 기분 맞춰 주느라
술 마셔주고 노래도 불러주고는
힘에 부쳐 화장실 쉬-하면서
붕 뿡 붕 뿡 반주음 좀 넣은 걸 가지고
감히 시비를 걸다니……

괘씸한 녀석!
장인 방귀 저울질 한 거야 그렇다 쳐도
밤 잠 안 자고 귀 쫑긋 세워
장모 방귀 언제 나오실까 몰래 엿들은 죄

점순 애비 지게 작대기 빌려놨다가
곰 녀석 나타나기만 해 봐라
내, 인정사정 볼 것 없이
냅다 벼락을 내리리라

(2020. 2. 대전지방변호사회보 37호)

제3부

서산마루
석양을 바라보며

노파의 질투를 어이할꼬

자고로 의식이 족해야 예절을 안다고 했다. 불과 사오십 년 전만 하더라도 주변에 못 먹고 못 입어 고생하는 이들이 부지기수였다. 하지만 최근에는 급속한 경제발전에 힘입어 너무 잘 먹고 지나치게 잘 입어 사치함으로써 생기는 부작용을 오히려 걱정해야 할 판이다. 비싸고 맛있는 음식을 게걸스럽게 먹는 것이 중요한 것이 아니다. 어떤 부류의 사람들과 어울려 식사하면서 어떤 내용의 대화를 나누느냐가 중요한 것이다. 일류 메이커의 의상과 값비싼 장신구들로써 몸을 치장하는 것이 의미가 있는 것이 아니다. 외모와 의상이 얼마나 조화를 이루고, 또 정신세계의 고상함과 품위가 얼마만큼 은은하게 배어나오느냐에 의미가 있는 것이다. 한살한살 나이가 들어갈수록 먹고 입는다는 것이 결코 쉽지 않음을 깨닫게 된다.

돌이켜 보면, 삼사십대 시절의 생활은 분망했고 또 복잡했다. 나이 오십을 넘어서면서 생각과 생활을 단순화하는 것이 건강에도 좋고, 또 인생의 만족도를 높이는 방법임을 뒤늦게나마 터득하였다. 딸과 아들은 성년에 이르러 서울로 올라갔고, 너른(?) 집에는 아내와 단둘만이 덩그러니 남겨졌다. 젊은시절 마신 술이 너무 많아, 이제는 좀 마셨다 하면 취해 주석에서 졸기 일쑤이다. 태양 아래 일어난 일들은 역사요, 달빛 아래 이루어진 일들은 신화라 했던가. 한창 술마시던 시절의 족적은 이제 아득한 전설로 남게 되었다.

아내와 함께 오붓하니 즐기는 일이란 게 독서와 등산, 그리고 시골 오일장 순례이다. 많은 사람들이 편리함을 내세워 먹거리 구입을 백화점이나 대형마트를 통해 하고 있지만, 우리 부부는 다르다. 시골 오일장엔 우리들을 끌어당기는 정겨움이 있고 살가움이 있다. 그리고 민초들의 형형한 눈망울들이 거기 있다. 우리 부부가 즐겨 시골 오일장을 찾아가 먹거리를 장만하는 이

유다. 틈날 때마다 자주 찾는 장이 병천장과 진천장이요, 괴산장과 영동장도 장 보는 재미가 쏠쏠하다. 청양장이나 광천장 정도는 가뿐하게 다녀온다. 등산이나 다른 용무를 겸하여 가는 게 다반사이긴 하나 풍기나 영주장, 인월이나 벌교장까지도 우리들의 사정권 안에 들어 있다.

이렇게 시골장들을 찾아서 먹거리를 구입해 오던 중 느닷없는 아내의 제의가 있었다. 우리가 직접 농작물을 재배하여 먹거리를 충당해 보자는 것이다. 이쪽이나 저쪽이나 이전에 직접 농사지어 본 적이 없는데, 어찌한다? 농사짓는다는 것이 결코 쉽거나 단순하지 않다는 것을 아내는 아직껏 모른다는 말인가. 당돌하게도 아내의 대답 왈, 대충은 안다는 것이렷다. 함께 일할테니 내친 김에 한번 해 보잖다. 농사지을 땅도 있겠다, 거리도 집에서 차로 10분이면 갈 수 있을 정도 밖에 안 된다. 여건은 누가 봐도 참 좋다. 아내는 말은 그렇게 뱉어놓고는 장차 육체노동의 고통을 십중팔구 배겨내지 못할 것이다. 한낮의 땡볕 아래 하얀 얼굴이 새까맣게 그을고 벌겋게 익어가는 것을 결코 받아들이지 않을 것이다. 호미질과 괭이질로 손바닥에 물집이 잡혀 터지는 지경에 이르면, 농기구들을 냅다 집어던지고는 이내 줄행

랑을 칠 것이다.

이런 사태를 뻔히 예상하면서도, 나는 끝내 아내의 청을 허락하고 말았다.

아내로부터 막걸리 두어 사발을 얻어마신, 2009년 연초 눈발 흩날리는 병천장에서의 어느날이었다. 저쪽이 농부(農夫)의 아내가 되는 건가, 아니면 이쪽이 농부(農婦)의 남편이 되는 건가.

농기구 구입은 봄가뭄이 지속되던 어느날 진천 오일장에서 이루어졌다. 철물점에 들러 삽과 괭이, 쇠스랑과 낫, 호미와 갈퀴 등을 사서 싸안고 엉거주춤 주차장으로 이동하는 과정에서 운 없게도 아는 후배와 맞닥뜨렸다. 부인과 친구부부 등 일행이 넷이었다. 도대체 무슨 물건들이냐다. 우리 부부는 멋쩍게 웃었다. "응, 농사 좀 지을려고." "아이고, 형님께서 무슨 농사를 지으신다고……." 다들 기가 차다는 표정들이다. 어째 초입부터 조짐이 하 수상하다. 좋건 싫건 농사를 지을 수밖에 없는 지경으로 점점 내몰리고 있었다.

아내와 함께 밭에 나가 땅을 파고 흙덩어리를 깨고 두둑을 만드는 것으로 마침내 농사일의 대장정이 시작되었다. 첫날부

아버지의 기침소리가 새벽을 깨우고

터 허리가 끊어지는 것 같고, 손바닥에 물집이 잡히더니 이내 터져버렸다. 옆을 지나가던 분들이 다들 걱정스런 표정으로 우리 부부를 쳐다본다. 너무 염려 마시고 조금만 더 지켜보십쇼, 근사하게 해 나갈 터이니.

달랑 농사의 원칙을 세웠다. 비닐을 씌우지 말것. 농약을 치지 말 것. 150평 정도의 면적에 이것저것 심어놓고 나니 봄가뭄으로 밭이 타들어 갔다. 물을 주는 것이 급선무였다. 밭 주변에 외딴집이 있으나 신세지는 것이 싫었다. 퇴근하여 집에서 수돗물을 통에 받아 차에 싣고 가 말라가는 작물에 물주는 것이 한동안 계속된 일상사였다. 싹이 트고 줄기가 자라고 꽃이 피고 드디어 열매를 맺는 것을 줄곧 곁에서 지켜보았다. 미상불 이건 자식을 키우는 부모심정이다. 풀을 뽑아주고 김을 매주고 또 지지대를 설치해주고…….

심은 씨앗을 꿩이나 비둘기가 떼지어 날아와 헤쳐 파먹고, 여린 잎들을 고라니가 싹뚝 잘라먹고 마구 짓밟아 작물의 생가지를 찢어놓는다는 사실을 이전에는 몰랐었다.

밭일을 끝낼 때마다 너나없이 몸과 옷이 땀과 흙으로 뒤범벅이 되곤 하였다. 어두워져 금빛 월광이 밭이랑마다에 부딪쳐 빛날 때까지 일욕심을 낸 것도 한두 번이 아니었다. 샤워를 끝낸 후에 마시는 막걸리 맛은 땀 흘려 일한 자만이 누릴 수 있는 특권이었다. 이렇게 두해동안 아내와 둘(?)이서 마신 막걸리가 못해도 백통은 좋이 될 것이다. 당차게도, 아내는 기대 이상으로 농사일을 잘 해 주었다. 그 덕분에 나는 어엿한 농부(農婦)의 바깥양반 반열에 오를 수 있었다.

첫해에는 고추·호박·가지·콩·땅콩·고구마·옥수수 등 무려 스물 몇 가지 작물을 심어 수확하였다. 강낭콩과 호박, 그리고 고추가 대풍이었다. 옆에서 농사짓는 노파가 수시로 찾아와 둘러보곤 노골적으로 샘을 낼 정도였다. 호박고구마가 전부 땅 속에 수직으로 박혀 있어 캐는데 애를 먹었다.

뿌리가 수직으로 뻗는 특성이 있는지도 모르고 심었지만 말이다.

작년에는 첫해보다 파종작물의 숫자가 조금 줄었는데, 나도 아내도 슬슬 꾀가 나기 시작했다. 그러다 보니 풀뽑기를 조금 게을리 하기에 이르렀다. 처음 파종단계에서 고생할 때엔 힘든 것 생각해서 아무에게도 나눠주지 않겠다고 다짐(?)을 하곤 하였

아버지의 기침소리가 새벽을 깨우고

다. 하지만 그 같은 결의는 시간의 흐름에 따라 육체적 고통과 함께 금세 잊혀졌다. 수확물은 그때그때 여러 사람들에게 골고루 배분되었다. 나눔의 즐거움, 그것은 실제로 나눠 줘 본 사람만이 실감할 수 있을 것이다.

2011년 1월의 추위는 매서웠다. 한 달 내내 온 대지가 꽁꽁 얼어붙었다.

두 해 동안 끈질기게 신경전을 벌이며 농작물 피해를 주었던 문제의 고라니는 추위와 굶주림을 이기지 못하고 얼어 죽었다. 눈 녹은 양지녘 잔디 위에서 해바라기 자세를 취한 채. 농작물로써 쉽게쉽게 먹이를 취하던 습성이 시나브로 야생성을 좀먹어 갔고, 끝내는 그 같은 안일이 스스로를 치명적으로 옥죄었던 것이다. 빈 영역에 또 다른 고라니가 새로이 들어앉아 신경을 건드린다 해도, 내공이 쌓인 우리 부부는 괘념치 않을 것이다. 해동이 되면 변함없이 골을 켜고 퇴비를 하고 파종을 할 것이다. 어쩌면 이제부터 농사, 그것은 우리에게 거룩한 종교의식 일지도 모르겠다.

(2011. Summer.「The WAY」 창간호)

달빛사냥

「달 따는 모임」은 매달 보름을 전후하여 회합을 갖는다.

회원들이 예닐곱쯤 되는데 하는 일이 다 다르다. 그래도 다들 야간산행·옛시읊기·술자리 버티기의 구색은 대충 갖췄다. 딱 한 분이 아직도 두주불사를 마다하지 않고 있어 회원 부인들로부터 미움(?)을 사고 있다.

어스름 무렵 산행을 시작하여 광덕산이나 태조산 정상에 올라선다. 이쪽저쪽 산 아래 도시들의 불빛을 내려다보며 이마의 땀을 식힌다. 그리곤 정수리로 쏟아져 내리는 달빛으로 샤워를 한다. 준비해 온 한시들을 낭독하여 감상하고, 중간중간 권커니

아버지의 기침소리가 새벽을 깨우고

잣거니 술잔을 기울이는 것으로 추임새를 넣는다. 자고로 이런 짓거리(?)를 음풍농월이라 했지.

달을 따기는커녕 소낙비를 만나 낭패를 겪는 때가 간혹 있다. 하지만 일행들은 개의치 않는다. 각자 마음속에 둥그런 달을 띄울 정도로 내공이 쌓였기 때문이다. 어둠을 헤치고 산을 내려와 산 그림자를 막 벗어났을 때 먹구름의 터진 틈 사이로 만월이 살짝 치마 속 속살을 보여주는 장면에 탄성이 터짐은 풋내기가 끼어 있다는 증좌다.

산을 내려와 흥에 겨워 뒤풀이를 하는 경우가 태반이다. 둥그런 달이 서편 하늘에 이울 무렵 콧노래를 흥얼거리면서 택시를 탔던 병원 원장님이 넘어져 얼굴이 까진 상태로 귀가하여 여러 사람들을 놀라게 했다. 벌써 서너 해 전의 일이다. 하산 길에 있을지도 모를 취중사고를 책임져야 할 분이 정작 본인이 일을 저지르고야 말았지만, 「달 따는 모임」은 여태 건재하다. 회원들마다 기왕에 딴 달들로 영혼의 주머니 속을 가득가득 채우고 있다.

대처 사람들은 달을 보지 못하면서 살고 있다. 달을 아예 잊어버린 지도 꽤 오래다. 그 대신 지리산 천왕봉 일출·설악산 대청봉 일출을 맞기 위해 꼭두새벽부터 야단법석을 떤다. 단풍 든 벽소령의 가을달·눈 덮인 오세암의 명징한 겨울달은 언제부턴가 밤하늘 중천에 붙박혀 저 홀로 외롭다.

2월의 막바지. 친구들과 함께 한라산 등반을 끝내고 해수 사우나로 지친 몸을 풀었다. 봄바람에 넘실대는 보리밭과 해변을 양옆으로 끼고 서쪽에서 동쪽으로 걸었다, 배낭을 둘러멘 채. 등 뒤로는 일몰의 장관이 연출되고 있었다. 아, 바로 그때 동편 하늘에 만월이 두둥실 떠오르는 게 아닌가. 세상에, 복도 많은 자들이여!

이야말로 일락서산(日落西山)에 월출동령(月出東嶺)아니런가.

어느 해 산행 중 뱀사골 대피소에서 하룻밤을 묵은 적이 있다. 음력 9월 열이렛날이었을 것이다. 잠에 곯아떨어졌다가 새벽녘 화장실에 가기 위해 문을 열고 밖으로 나왔다. 아! 폭포수처럼 사정없이 쏟아져내리는 추월(秋月)의 광휘. 산골짜기 전체가 달빛의 홍수로 붕괴 일보직전이었다. 나는 해발 1,500m 고도에서의 새벽 추위도 잊은 채 나머지 잠을 포기했다.

사물이나 자연으로부터 감당할 수 없는 충격을 받았을 때 이를 어떻게 치유할 수 있을까. 오탁번 선생의 시「폭설」을 낭독하여 포복절도시킴이 즉효약이라는 사실을 그때는 미처 모르고 있었다.

배꽃이 활짝 핀 어느 봄날 밤. 잠자리에 들었으나, 쏟아져 들어오는 달빛에 취해 잠을 못 이루고 연방 엎치락 뒤치락. 결국 주섬주섬 겉옷을 꿰입고 아파트를 나서 배밭으로 달려갔다. 철조망 울타리를 단박에 뛰어넘어 진입에 성공. 뒷짐을 진 채 달빛받는 배꽃터널을 어슬렁어슬렁 배회하면서 '이화에 월백하고……' 뇌까리기를 반복.

문득 과수원 옆 도로에 인기척과 함께 사람들의 모습이 달빛에 드러났다. "이 밤중 과수원에 웬 사람이지?" "도둑인가 보네 그려." "설마 도둑이 이렇게 환한데 왔을까?" 달빛이 내려앉은 배꽃의 만개(滿開)를 훔쳤으니, 그네들의 쑥덕거림도 틀린 표현은 아니렷다. 하지만 이러저런 도둑들이 지천으로 활개치는 요즘 세태에 도둑호칭은 좀 서운하다오.

울을 타넘은 사내는 이래봬도 어엿한 달빛사냥꾼.

(2010. 10. 대전지방변호사회보 3호)

아버지의 기침소리가 새벽을 깨우고

항주(杭州)에 관한 단상

항주(중국발음으로는 항저우)는 중국 절강성(浙江省)의 성도로서 도시의 역사가 무려 2,000년이다. 현재 중국에서 부유한 도시에 손꼽힐 정도로 경제적으로도 풍요로운 시절을 구가하고 있다.

시내 중심부의 서쪽에 큰 인공호수가 있다. 그래서인지 호수 이름도 서호(西湖)다. 당·송 시대에 백낙천·소동파가 목민관으로서 선정을 베풀었단다. 백성들은 호수 내에 설치된 제방에 '백제(白堤)'와 '소제(蘇堤)'라는 이름을 붙여 여지껏 이들을 기리고 있다.

식도락가들 입장에서는 소동파가 즐겼다는 동파육을 항주의 음식으로 빼놓을 수 없겠다. 돼지고기를 주원료로 만든 요리인데, 대문장가의 이름이 그대로 붙여진 걸 보면 무척이나 즐겨 드셨던 모양이다.

북송시절의 시인 임화정(林和靖)이 은둔하면서 유유자적했던 고산이 서호 부근에 있다. 매화를 아내삼고 학을 자식삼아 살았다고 한다. 그 결과 시인은 '매처학자(梅妻鶴子)'라는 고사성어의 기원이 되는 영예를 누렸다.

항주는 소주(蘇州)、소흥(紹興)、영파(寧波)등 도시와 함께 강남으로 불리운다. 양자강의 남쪽에 위치한 데서 비롯된 지명이겠다. 전국시대에는 와신상담(臥薪嘗膽)으로 상징되는 오、월의 패권쟁탈의 주무대였다. 중국 역사상 사대미녀 중 하나인 서시(西施)로 인해 오나라의 부차(夫差)는 끝내 망했고, 월나라의 구천(句踐)은 절치부심하여 기어코 복수에 성공하였다.

서시가 소주의 고소성에서 온갖 호사를 누리던 중 강한 햇빛에 얼굴을 찡그리는 버릇을 보이자, 온나라의 여자들이 찡그린 얼굴을 한 채 거리를 활보했다나.

오늘날에도 항주에는 미녀가 많다고 한다. 서호로 인해 사시사철 안개가 많으니 강한 햇볕을 피할 수 있고, 수산물과 농산물이 두루 풍부하니 영양상태가 좋을 수밖에 없는데다가 양잠산업이 발달하여 중국 내에서도 알아주는 실크 생산지이니, 다 일리가 있겠다 싶다.

명나라 때의 문필가 중 장대(張岱)라는 분이 있다. 서호와의 인연을 적은 글이 몇 개 눈에 띄는데, 사백년이 지난 지금에 음미해 보아도 당시의 현장감이 눈에 잡히는 듯하다. 「달을 바라보는 몇 가지 시선(西湖七月半)」과 「소매 끝에 핀 눈송이(湖心亭看雪)」가 그것이다. 풍류가 흘러넘친다. 거기에다가 선비로서의 자존심과 고집도 함께 묻어난다. 현재의 기후여건과 달리 당시에는 겨울철 항주에 눈이 많이 내리고 추위도 꽤나 매서웠나 보다.

숭정 5년 12월 대설이 내린 어느 추운 날 밤. 시인은 시동을 닦달하여 앞세우곤 작은 배를 얻어 타고 호수 한가운데 섬에 위치한 호심정을 찾아갔다. 고금을 통하여 로맨티스트의 전형적인 행동양태라고나 할까.

그런데 뜻밖에도 젊은 서생들 둘이 정자에서 바둑을 두고 있다. 시인이 정자에 오른 것도 모르고 바둑삼매에 빠져 있고, 곁에서 시동 하나가 추위 속에 술을 데우고 있다. 바둑 한판이 끝난 후에야 서로 인사를 나누고 눈보라가 자욱한 속에 삼인이 술석 잔씩을 나눠 마신다. 그리곤 서생들을 남겨둔 채 시인은 시동을 채근하여 쪽배에 오른다.

뱃사공이 내뱉는 말이 걸작이다. "나리보다 더 미친 사람이 있을 줄은 생각도 못했습니다."

담헌(湛軒) 홍대용(洪大容)이 35세인 1765년, 서장관이 된 숙부 홍억의 자제군관으로 북경을 여행하였다. 여행 후 이를 정리하여 『을병연행록』을 저술하였다.

담헌은 북경 유리창 거리의 간정동이라는 골목에서 마침 과거시험을 위해 북경으로 올라온 항주의 젊은 선비들인 엄성(嚴誠)、반정균(潘庭筠)、육비(陸飛)를 만났다. 이들과 담헌의 학문적인 교유는 연행기간 동안뿐만 아니라 평생 이어졌다. 홍대용의 초상화가 엄성에 의해 그려졌고, 이는 엄성의 시문집 『일하제금합집(日下題襟合集)』에 실려 있다.

이들 항주 선비들의 교유는 박제가(朴齊家)와도 이루어져, 반정균은 초정의 저서인 『정유각집(貞蕤閣集)』의 서문을 이덕무(李德懋)와 함께 쓸 정도로 학식과 덕망을 인정받았다.

아름다울진저! 국경을 초월한 뜻 높은 사내들의 교유여. 시

아버지의 기침소리가 새벽을 깨우고

대를 앞서 간 선비 담헌은 충청도 천안 출신이다.

항주를 여행한 것이 두 번이다. 한번은 상해、소주、항주를 아내、아이들과 함께 한 여행이었고, 또 한번은 아내와 둘이서 황산에 갔던 차에 항주、상해까지 둘러 본 일정이었다.

항주와의 인연은 그곳에서 한국으로 유학온 여학생과의 교류로 우연찮게 이어지고 있다. 5년 전, 군복무를 마친 아들녀석이 어떤 생각 끝에 내린 결론인지 몰라도 대학복학을 미루고 주위의 만류를 뿌리친 채 일본 도쿄로 건너가 한동안 생고생을 사서 한 적이 있었다. 아내는 노심초사 아들 걱정 끝에 딸을 대동하고 직접 도쿄로 날아가 아들의 안부를 확인하고야 말았다. 며칠을 함께 보내며 위로하고 또 격려하였다.

오후 늦은 시각 귀국하여 인천공항에서 버스편으로 천안으로 내려왔는데, 마침 같은 버스를 탄 갓 유학온 중국 여학생 두 명의 늦은 밤 시각 안절부절을 아내와 함께 해결하여 준 것이 인연의 끈이 되었다.

세월이 흘러 한 여학생은 졸업 후 중국으로 돌아갔고, 항주 출신 여학생은 졸업반이다.

딸은 가끔씩 우리들이 유학생에게 너무 잘해주는 것 아니냐고 샘을 내기도 하지만, 아내는 알았다고 그때그때 둘러대고는 여전히 관심을 보이고 또 배려한다. 딸은 우리와 멀리 떨어져 생활하는지라, 아내의 말을 그대로 믿고 넘어갈 수 밖에 없다. 아내가 항주 출신 유학생을 마치 자식처럼 생각함은, 얼굴도 모르는 유학생 부모로부터 고마움의 표시로 진주목걸이를 선물받았기 때문만은 아닐 것이다.

나는 나대로 항주와의 인연이 도타운 나머지, 아내의 행동을 줄곧 곁에서 지켜보면서도 딸에게 고자질(?)할 용기를 내지 못하고 있다.

유학생은 내가 좋아하고 존경하는 소동파의 후손이다.

(2011. 10. 대전지방변호사회보 6호)

아버지의 기침소리가 새벽을 깨우고

아우내 장터 소묘

이제 갓 50 연령대에 접어들었을 뿐이니, 어디 가서 무게잡고 앉아 있기에는 아직 철이 이르다. 하지만 한 살 두 살 나이를 먹다 보니 작고 보잘 것 없는 것, 가까이에 있는 것들이 더욱 값지고 소중하다는 진리를 자연스레 깨닫게 된다.

예를 들어보자.

「달따는 모임」의 지인들과 함께 매달 보름을 전후하여 달밤에 광덕산 정상에 올라 한 잔 술에 이백과 두보를 읊어내며 음풍농월하기. 아내와 함께 끝자리 수 1, 6일마다 서는 병천 오일장에 가끔씩 몸을 밀어넣어 순박한 시골인심을 음미해가며 먹거리 구매하기.

병천(並川), 즉 아우내 장은 중앙광장을 따라 남에서 북으로 뻗어가다가 서쪽으로 직각으로 꺾이면서 차일과 파라솔이 굽이 굽이 물결을 이룬다. 서쪽의 끝자락에 단층의 허름한 여관 건물이 있는데, 눈 밝은 사람은 운(?)이 좋으면 홍조를 마저 지우지 못한 채 팔짱을 끼고 여관문을 나서는 커플을 눈에 넣을 수 있다.

낮게 드리워진 차일과 파라솔은 이들이 자신들의 동선을 은폐시킬 수 있는 절호의 보호막이 된다. 나의 머리는 차일 틈 위로 삐어져 나와 저절로 망루가 되니, 암만 용을 써대도 눈이 밝지 않을 도리가 없다.

이제 시골 장에서 외국인들을 만나는 것은 흔하고도 당연한 일이 되었다. 외국인 며느리에게 알록달록 겉옷을 사 입히는 시어머니의 환한 얼굴을 곁에서 지켜보는 것만으로도 살갑고 또 배부르다.

장돌뱅이(?) 사내들은 머리에 쓰고 있는 운치 있는 모자로 인해 차일 아래 그늘에서 영락없는 인디오다.

나도 가끔 모자로 멋을 내고 아우내 장터를 찾아 맞서보지만, 정작 그들 곁에만 서면 주눅이 든다. 하얀 귀밑머리만 부각 되는 바람에 적어도 너 댓살은 손해보고 들어간다.

어쨌든 아내와 함께 가벼운 차림으로 병천 장을 보는 일은 늘 즐겁다. 그래서 자주 가게 된다. 햇살이 좋은 날이면 안주 한 두 가지 시켜놓고 탁주 서 너 사발 들이켠다. 그럴 때면 어김없 이 불콰해진 얼굴을 한 채 눈가에 세월의 주름살이 하나 둘 늘 어가는 아내를 귀갓길 마부로 당당히(?) 부려먹는다.

수도권 전철이 삼거리 흥타령으로 정겨운 천안까지 연결된 지도 몇 년 됐다. 날마다 많은 서울 노인분들이 삼삼오오 전철을 타고 천안에 내려와 독립기념관을 관람한 후 어김없이 인접한 병천으로 자리를 옮긴다.

병천순대와 탁주, 순대국밥을 즐기고 난 후 천안역 앞 호두 과자 집에서 손주들에게 나눠줄 호두과자를 사 들고는 다시 서 울행 전철에 몸을 싣는 일이 이제는 일상이 되었다.

유관순 열사의 3·1 독립만세의 함성이 천지를 진동시켰던 장터. 유열사의 얼과 자취는 부근 매봉산 자락 사당과 생가, 매봉교회에 비껴 어려 있지만, 민초들의 형형한 눈빛은 예나 지금 이나 변함없이 아우내 장터 가득 넘쳐나고 있다.

(2008. 3. 서울지방변호사회보 444호)

아버지의 기침소리가 새벽을 깨우고

역수(易水)의 강물은 차다

검찰청법은 제8조에서 「법무부장관의 지휘·감독」이라는 제목으로 다음과 같이 규정하고 있다.

"법무부장관은 검찰사무의 최고 감독자로서 일반적으로 검사를 지휘·감독하고, 구체적 사건에 대하여는 검찰총장만을 지휘·감독한다."

이 규정의 입법취지에 관하여 다수의 견해는 법무부장관이 일선 검사들의 사건처리에 직접 간섭하는 것을 막아 검찰의 수사권 독립을 보장하기 위한 장치라고 본다. 김종빈 검찰총장과 대다수 검사들의 입장이다. 이에 반해 검찰의 부당한 권한행사를 견제하기 위한 목적으로 설정된 제도적 장치라는 견해는 소수설이다. 이는 천정배 법무부장관과 청와대의 입장이다.

입법취지를 어떤 측면에서 접근하든, 1949년 검찰청법 제정 당시부터 존재해 온 법무부장관의 수사지휘권이 56년간 단 한 차례도 행사된 적이 없었다는 사실이 중요하다 하겠다.

강정구 교수의 최근 일련의 언행과 관련하여 검ㆍ경 등 수사 기관은 국가보안법 위반으로 사법처리 방침을 결정하였다. 경찰로부터 사건을 송치받은 검찰은 강 교수의 과격한 언행이 사회에 미치는 여파와 충격을 감안하여 내부적으로 구속수사하기로 원칙을 정하였는데, 이에 대해 법무부장관이 대한민국 정부 수립 이후 최초로 불구속 수사하라는 취지로 수사지휘권을 행사한 것이다.

참여정부 들어서는 소도 국가보안법 폐지를 외치고, 말도 김일성을 찬양할 줄 알게 되었다. 서슬이 퍼렇던 군사정권 하에서는 찍 소리도 못하던 이들이 그때는 어디서 뭣들 하고, 굳이 이제 와서 소나 말도 할 줄 알게 된 말들을 앞뒤 생각 없이 마구 쏟아내는 이유가 무엇인지 알 수가 없다.

김 검찰총장은 심사숙고 끝에 법무부장관의 수사지휘권 행

아버지의 기침소리가 새벽을 깨우고

사를 수용한다고 발표하였다. 그러면서 다음과 같은 유감과 단서를 달았다. "법무부 장관이 이번에 구체적 사건의 피의자 구속 여부를 지휘한 것은 검찰의 정치적 중립을 훼손할 우려가 있어 심히 유감스럽게 생각한다…… 다만, 장관의 이러한 조치가 정당한지는 국민이 판단하게 될 것이다."

검찰총장은 곧바로 사표를 제출하였고, 청와대는 장황한 반박 및 질책과 함께 이를 수리하였다. 김 검찰총장은 다음과 같은 퇴임사와 함께 27년 간의 검사생활을 접었다.

"죽은 고목에서 꽃이 필 수 없듯이 정치적 중립성이 훼손된 검찰이 인권과 정의의 아름다운 열매를 맺을 수는 없습니다. 현재 진행되는 사법개혁과 수사권 조정이 권력기관 간의 단순한 권한배분이나 정치세력 간의 타협의 산물로 전락되어선 안 됩니다."

김종빈, 검찰총수로서 난관에 부닥친 상황 하에서 온갖 갈등과 번민, 불협화음과 알력을 작은 몸 하나로써 기꺼이 떠안았다. 그러면서도 시종 당당함과 의연함을 잃지 않았다.

이제 공은 법무부장관과 청와대로 넘어갔다.

이런 와중에 천정배 법무부장관이 16대 의원 시절 최근 그가 강정구 교수 사건에 대해 수사지휘권을 행사한 근거가 된 검찰청법의 해당 조항을 삭제하는 내용의 입법청원을 지지하고 또 이를 소개한 사실이 드러났다. 과연 공이 어디로 튀어오를지를 현재로서는 알 수가 없게 되어 있다.

진왕(秦王)을 죽이기 위해 진나라로 떠나는 형가(荊軻)를 위로하기 위해 연나라 세자 단(丹)과 빈객들이 역수에 모였다. 고점리(高漸離)가 켜는 축의 장단에 맞춰 형가가 비장하게 노래를 부른다.

"바람이 쓸쓸하구나 역수의 강물은 차다! 장사가 한번 떠나감이여 다시는 돌아오지 못하리!"

주변의 분위기가 가라앉자, 비분강개한 형가가 씩씩하고 맑은 음조로 노래를 이어간다.

"호랑이 굴은 어디인가! 이무기의 궁으로 들어가는도다 하늘을 우러러 한번 외침이여! 흰 무지개를 이루었도다."

형가의 장부로서의 기개와 우국충정이 너무나 크고 또 깊은 까닭에 나의 보잘 것 없는 문장력으로써는 이에 대한 언급 자체가 불가능하다. 여러모로 송구스럽지만, 어렵사리 진(晉)나라 시인 도잠(陶潛)의 시문을 끌어다 쓴다.

"……그의 모발은 무섭게 치솟아 금방 관이 벗겨질 것만 같고, 그의 기상은 사납고 씩씩해서 곧 관끈이 끊어질 것만 같았도다. 역수 강가에서 술로 전송하니 모두가 다 영특한 인재들이라. 왼편 좌석에서 축 소리는 슬피 울리는데 오른편 좌석에서 형가의 노랫소리 높도다. 쓸쓸하구나, 바람은 애달프고 무심하구나, 찬 물결이 이는도다. 슬픈 노랫소리에 모두가 울고 웅장한 노랫소리에 모두가 놀라는도다. 한번 가면 못 돌아올 길을 떠났으니 후세에 그 이름을 길이 전했도다."

(2005. 11. 천안신문)

청산은 나를 보고 말없이 살라하고

세상에 말이 많다.

너나없이 하나밖에 없는 입으로 쉴 틈 없이 말을 쏟아낸다. 가히 말의 성찬이다. 남의 말을 경청하라고 두 개씩이나 달아준 귀는 시종 꽉 막는다. 자신의 논리와 시각에서 벗어나는 상대방에게는 화끈한 전투력이 발휘된다. 토론과 설득, 그리고 성찰의 여지는 어디에도 없다. 단지 아집과 비난, 논쟁만이 난무할 뿐이다.

시종 흑백논리만이 활개 친다. 동지 아니면 모두가 적이다. 상대주의적 세계관도 중용의 미덕도 다 야비한 회색분자로 매도된다. 이들은 적보다도 더 나쁜, 당장 추방되어야 할 악질반동(?)으로 내몰리기 일쑤다. 말의 전후 문맥을 다 끊어버리고 특정

부분만 부각시켜, 본래 의미를 왜곡한다. 그리고 나선 말폭탄을 쏟아부어 인격적으로 묵사발을 낸다. 오해였음이 밝혀져도 끝내 일언반구 사과가 없다. 오호라, 말의 공포여! 세상의 무서움이여! 인간 본성의 사악함이여!

말은 한 사람의 내면, 즉 교양과 덕성이 몸 밖으로 표출되는 것이다. 그러므로 좋은 말, 의미 있는 말이 되기 위해서는 화자의 진심이 실려 있어야 한다. 말을 잘한다는 것은 말을 많이 하는 것을 일컫는 게 아니다. 마음에도 없는 말, 상대방의 마음을 현혹하기 위해 온갖 그럴듯한 미사여구로 치장된 말은 사기꾼들의 것이다.

평소 행동은 허투루 하는 사람이, 정작 자신은 실천하지도 못할 말을 마구 지껄인다. 자신도 똑같거나 더 나쁜 사람이면서, 상대방을 헐뜯느라 입에 거품을 물고 또 침을 튀긴다. 공자께서 아꼈던 제자 안회는 결코 유세객이 아니었다. 그는 짧은 인생 내내 시종 눌변이었다. 그의 말에는 늘 진심과 자기성찰이 담겨 있었다. 아는 대로 행하였고, 스스로 행할 수 없는 것을 자신의 말로써 입에 담지 않았다. 자고 이래로 안회야 말로 말 잘하는 사람이었다.

세상엔 잊어버려도 좋은 것과 결코 잊어서는 안 되는 것이 있다.

잊어버려도 좋은 것을 놓지 못하고 연연해 하는 부류의 사람들이 의외로 많다. 잊지 말아야 할 것들을 머릿속에서 훠이훠이 떠나보내고도 두 발 뻗고 편히 잠드는 이들 또한 부지기수다.

개인이든 나라든 아픈 과거를 쉬이 잊어버리면, 똑같거나 비슷한 고난을 당하는 줄 뻔히 알면서도 또 당한다. 그래서 역사는 미래를 비추는 거울이다. 인간 교류에 있어서도 과거에 만났던 어떤 사람이 했던 말은 잊어버리고 그 사람의 얼굴을 잊어버리지 않음보다는, 차라리 그 사람의 얼굴은 잊을지언정 그 사람이 했던 말을 잊지 않음이 더 낫다고 했다. 혜강 최한기 선생의 말씀 중 '가망불망(可忘不忘)' 부분에 언급된 내용이다.

조강지처의 공을 잊어서는 안 되고, 어려웠던 시절의 벗을 버려서도 안 된다. 그렇다면 과연 현실은 어떠한가? 소위 출세를 위해 철면피를 한 채 어느 날 갑자기 아내를 버리는 자들이 적지 않다. 더 이상 이용가치가 없는 친구를 야멸차게 내팽개치고, 상위계급에 속하는 무리에게 마음에도 없는 의리를 내세워가며 다가서는 치들도 많다. 대중은 그들을 성공한 부류로 치켜세우고, 또 부러워한다. 이런 분위기 속에서 그들은 시종 살판났

아버지의 기침소리가 새벽을 깨우고

다. 오늘도 눈 하나 까딱하지 않고 떵떵거리며 행세하고 있다.

   '청산은 나를 보고 말없이 살라하고

   창공은 나를 보고 티 없이 살라하네.

   탐욕도 벗어놓고 성냄도 벗어놓고,

   물 같이 바람 같이 살다가 가라하네.'

   인간에 의한 환경파괴가 극에 달한 오늘날 이 땅 위에서, 나옹 대선사가 숨어 산 그 시대의 청산은 더 이상 찾아볼 수 없게 되어 버렸다. 안타까울진져!

   다행스럽게도 나에게는 글벗이 이름 붙여준 '동곡(東谷)'의 숲이 있다. 그곳에 늙어가는 아내와 함께 감자·도라지 심고 감나무·살구나무도 심어 가꿔가면서 어수선한 세월을 갈무리하고 있다. 지우 지륜·정덕·부공은 오늘도 청산 속에 틀어박혀 용맹정진 중이다.

   이제 막 비가 그치고, 흰 운무가 청산을 휘감는도다.

(2017. 5. 대전지방변호사회보 26호)

삼거리에 내리는 비

학창시절 열정적인 은사님이 계셨다. 사회과목을 맡아 가르치셨는데, 학생들에 대한 관심과 수업에 대한 열의가 대단하셨다. 수업을 끝내고 향나무와 장미로 가득 찬 넓은 정원을 거쳐 교무실 건물로 이동하면서, 잠깐 동안이나마 연거푸 담배 연기를 내뿜는 뒷모습이 퍽이나 인상적이었다.

수업 성취도에 대한 만족감을 그런 모습으로 표시하셨던 것 같다.

선생님은 대중가수들 중에서 김상진과 문주란을 유독 싫어하셨다. 지금이야 이분들이 가요계에서 거의 원로(?)의 반열에

아버지의 기침소리가 새벽을 깨우고

까지 올라섰지만, 그 당시에는 둘 다 젊은 편이었고 또 나름대로 한창 대중들의 인기를 구가하고 있었다.

못마땅해 하신 이유는 지극히 단순하였다. 남자는 남자 목소리로, 여자는 여자 목소리로 노래해야 마땅한데, 시종 김 아무개는 여자 목소리로, 문 아무개는 남자 목소리로 노래한다는 것이었다.

요즘에는 여러 가지 이유로 인해 노래할 기회가 거의 없게 되었지만, 「고향 아줌마」는 내 딴에 따라 부르는 것도 벅차다. 반면에 「동숙의 노래」는 혼자서도 그런대로 넘어갈 수 있다. 막상 '동숙'이 여자 이름인지, 아니면 다른 뜻인지도 모르면서 어쩌다 한번 불러보던 노래이긴 하지만.

선생님께서 싫어하시던 남자 가수의 노래 중에, 「이정표 없는 거리」가 있다.

'……이리 갈까 저리 갈까 차라리 돌아갈까. 세 갈래길 삼거리에 비가 내린다.'

선생님께서는 총각 시절 매달 봉급의 절반을 꺾어 그때까지 안 해 본 새로운 일의 경험에 투자하셨다는 말씀을, 수업시간에 제자들에게 해주신 적이 있다.

지나온 변호사 시절을 얼핏 돌아보니, 화류계 출입이 가히 10년하고도 서너 해는 족히 되는 것 같다. 주야장천 마이크 앞에 섰던 시대이기도 했다. 수입의 절반은 사람 만나 술 마시는 데 좋이 쓰였다. 평생 마실 술의 절반, 아니 삼 분의 이는 이 시절에 넉히 소진되었다고 해도 과언이 아니다.

그 사이 사람들이 수도 없이 왔다간 갔고, 제도와 시스템의 변화도 가히 상전벽해 차원이다.

개업 초기 인연을 맺었던 분들은 어느새 법원장·고등검사장의 반열에 올랐다. 예의 바르고 일에 대한 열정이 넘쳐나던 분들이다. 일일이 타이핑으로 작성되던 서면은 덩그러니 과거의 유물로 남게 되었다. 재판제도는 국민참여재판에 전자소송이다 뭐다 해서 사법 개혁이라는 기치 아래 변화의 급류를 타고 있다.

동진(東晉)의 도연명(陶淵明, 365-427)은 어려운 집안형편에 29세에 이르러 겨우 작은 벼슬을 얻었다. 41세 때 팽택 현령으로 임명되었으나, 80일 만에 벼슬을 버리곤 강서성 구강현으로 낙향하였다. 군에서 젊은 감찰관이 현으로 시찰을 나왔는데, 도연명에게 예복을 갖추어 입고 영접하라고 요구하였다. "나는 다섯 말 곡식 때문에 고을의 어린아이에게 허리를 굽히진 않겠다"

면서 그 즉시 직을 사임하고 고향으로 돌아간 것이다. 그로부터 63세를 일기로 세상을 하직할 때까지 20년 이상을 전원에 은거하며 많은 시를 남겼다.

새파란 나이에 크게 내세울 것도 없는 감투를 차지하고 앉아, 제 분수도 모른 채 웃어른이나 연장자 앞에서 안하무인이거나 기고만장한 자들의 허풍과 추태는 고금을 가리지 않는다.

벼슬하기 위해서라면 수단 방법을 가리지 않고, 더 나아가 감투의 끈을 놓치지 않기 위해 온갖 뻔뻔함의 극치를 보여주는 요즘의 세태에 청량한 경종이요, 사표라 하겠다.

「귀거래사」와 함께 도잠의 대표작이라 할 수 있는 「음주(飮酒)」연시 20수 중 다섯 번째 수 중에서

'동쪽 울타리 밑에서 국화를 따다가 유연히 남산을 바라보노라(采菊東籬下 悠然見南山)' 라는 구절만으로도 대시인의 고고한 절개와 유유자적의 생활모습이 그려진다.

요즘 일상생활에서 가장 흔하게 듣는 말이, 먹고 살기 힘들다는 것이다. 변호사들까지도 아우성인 걸 보면, 그 정도의 심각성을 알 수 있다.

자공이 공자께 여쭈었다. "가난해도 부자 뒤꽁무니를 따라다니며 아부하지 않고, 부자라고 해서 거들먹거리지 않는 사람이라면, 그의 삶의 태도는 어떻습니까?"

공자 가로되 "그래, 그 정도면 괜찮겠다. 그러나 최고경지는 못 된다. 가난해도 즐거워하고, 부자가 되어서도 예(禮)를 좋아하는 것만 못하다."

여러모로 어려운 시절에 변호사 사무실을 계속 유지해 나가야 하나, 좀 더 생산적이고 효율적인 다른 일을 찾아 나서야 할 것인가, 아니면 차라리 간판을 내리고 안빈낙도의 길로 돌아가야 하겠는가?

온 천지에 봄기운이 가득 찬 이 밤, 세 갈래길 삼거리엔 하염없이 비가 내리고 있다. 휘늘어진 버들잎 줄기를 따라 대지의 눈물이 흘러내리고, 텁수룩한 턱 언저리엔 밤새 흰 수염이 부쩍 늘어날 것만 같다.

(2015.8. 대전지방변호사회보 19호)

강호에 봄이 들고
동창이 밝았느니

화촉동방(華燭洞房)에 들어 펼쳐보거라!

-양현석-

새아기, 받아보아라.

김해 김씨 후손인 혜지, 너를 밀양 박가 규정공파 집안의 새 며느리로 맞아들이게 됨을, 시어머니의 지위와 입장에서 진심으로 축하하며 또 열렬하게 환영한다.

무엇보다도 먼저, 좋은 며느리를 얻을 수 있도록 인도하고 배려해 주신 조상님들께 감사를 드려야 하겠다. 그리고 또 온갖 지성으로 너를 키워내 마침내 반듯하고 어엿한 신붓감으로 만들어주신 사돈 내외분께도 그동안 수고 많으셨다는 말씀과 아울러 고맙다는 말씀을 꼭 드리고 싶구나.

남녀를 불문하고, 인생을 살아가는 데 있어서 세 가지 중요한 대사 중 하나가 결혼이라고 한다. 인생의 반려자로 누구를 만나 어떤 모습의 생애를 살아내느냐, 그리하여 어떤 수준과 가치의 인생을 살았느냐를 후손들과 지역사회로부터 적나라하게 평가받게 되는 긴 과정의 시발점이 바로 결혼이라 하겠지.

흔히들 서로 마주 보며 웃음 짓는 부부가 좋아 보인다고 하고, 또 이것저것 빠짐없이 물질적으로 풍족하게 갖춘 상태에서 신혼생활을 시작하는 부부가 행복해 보인다며 부러움의 눈길을 보내기 십상이다.

하지만 내가 너의 시아버지와 삼십여 년 간 부부로서 함께 살아오는 동안 얻은 생활의 지혜는 그것과는 상당히 다르단다.

부부가 손을 꼬옥 잡고 나란히 서서 앞쪽으로 같은 방향을 응시하는 모양새가 더 멋져 보이지. 또한, 어렵지만 소박하게 시작해서 하나하나 점점 더 크고 높은 단계의 생활목표들을 성취해가는 생활태도가 훨씬 더 가치 있고 고상하다고 할 수 있다는 것이다.

이를 쉽게 풀어보자면, 첫째 부부간의 사랑이 결혼생활의 기초가 되는 것은 사실이지만 단지 그것만으로 결혼생활이 유지되지는 않는다는 것이야. 미래에 대한 혜안과 비전이 있어야 한다는 말이지. 한 가문의 흥망은 아버지·아들들의 역량과 노력에 좌우되는 것보다는 오히려 시어머니·며느리들의 인고와 지혜에 의해 훨씬 더 영향을 받는다는 것이지.

아들을 출중하게 키워내기 위해서는 우선 아버지가 그만한 인품과 덕망을 갖추고 있어야 하고, 한 집안이 제대로 된 며느리를 갖기 위해서는 무엇보다도 시어머니가 그에 걸맞은 자비심과 지혜를 구비하고 있어야 한다는 것이야.

자고로 뼈대 있고 또 주변으로부터 존경받는 가문의 실체를 파악해 보면, 그 뒤엔 어김없이 대를 이어 내려온 집안 며느리들의 샛별 같은 지혜와 바다와 같은 묵묵한 자비와 희생이 당당하게 버티고 있단다.

둘째, 자립할 의지와 분수를 아는 생활태도의 중요성이란다.

어미 새가 새끼에게 먹이 물어다 주는 것을 어느 날 냉정하게시리 딱 그치는 행동은, 인간의 입장에서 보기에는 퍽이나 야

박해 보이지. 어미가 어린 새끼에게 어찌 저리도 야멸찰 수 있나 하는 게 인지상정일 것이야.

하지만 우기에 접어든 상태에서 새끼가 제힘으로 날아올라 둥지를 박차고 뛰쳐나오지 않으면, 새끼 새는 가엾게도 나무를 기어오른 뱀의 먹이가 될 가능성이 농후해진단다.

날지도 못하는 원앙 새끼들이 무리 지어 까마득한 나무 위 둥지 구멍에서 맨땅으로 막무가내로 뛰어내려 물로 향하는 행동 역시 마찬가지겠지.

자립할 의지도 없고 그 같은 시도나 노력을 할 생각도 하지 않는 젊은이도 문제지만, 내 새끼 내 새끼 하면서 마냥 감싸고만 있는 부모는 더 큰 문제 아니겠니?

돈을 벌기 위해 자존심에 상처를 입으면서 땀 흘려 본 사람만이 익히 돈의 가치를 알 수 있고, 또 알뜰살뜰 아껴 쓰는 습관을 몸에 붙일 수 있을 것이야. 내 묻노니, 새아기 너도 그렇게 생각하니?

옛말에 '적선지가(積善之家)에 필유여경(必有餘慶)'이라 했다. 너의 시할머님께서는 평생을 주변의 어려운 이들에게 나름껏 두루 베풀어 오셨고, 나도 이 같은 집안 분위기 속에서 삼십여 년 결혼생활을 하다 보니 꽤나 그 영향을 받게 되더구나. 너도 앞으로 열심히 살아가면서 이 같은 가풍과 미덕을 본받기 바란다. 대가를 바라거나 생색을 내지 말고, 남들이 모르게 음으로 양으로 주변의 어려운 이들을 돕는 소박한 전통을 이어가도록 하거라.

가문이 융성하려면, 집안에 어린 아기의 울음소리와 가장인 선비의 글 읽는 소리, 그리고 아낙의 베 짜는 소리가 우렁차게 울려 퍼져야 한다고 옛 어른들께서 말씀하셨지. 현대사회는 첨단 정보화시대인지라, 유행과 변화의 속도가 가히 현란하다.

너와 네 남편도 이 나라의 밝은 미래의 건설과 후세들의 안전과 행복을 위해 나름대로 맡은바 직분의 수행에 최선의 노력을 하리라 굳게 믿는다마는, 나와 너의 시아버지도 시대의 흐름을 정확히 읽어내고 젊은이들의 관심과 흥미를 좇아 함께 허심탄회하게 어울릴 수 있도록 나름껏 열심히 공부하고 또 자주 회합하여 대화할 것을 약속한다.

자고로 효도로서 가장 크고 가치 있는 길은, 주변 사람들로부터 널리 인정받을 수 있도록 부단히 노력하여 지혜와 덕망을 쌓음으로써 이 사회에 꼭 필요한 인물로 성장하고, 또 그럼으로써 세상 사람들에게 부모의 이름을 드러나게 함이라고 하였지.

부디 너희 부부가 훗날 이런 단계에 이르기를 기대한다.

너희들이 이 목표를 달성하기 위해서는 부부가 일심동체가 되어야 하고, 또 부단한 인내와 노력, 다부진 열정과 집념이 요구된단다.

나의 사랑스런 혜지! 너의 남편이 꿋꿋하게 올바른 길로 나아가기 위해서는, 그리하여 마침내 사회로부터 존경받는 인물로 우뚝 서기 위해서는, 너의 살갑고 진솔한 내조가 절대적으로 필요하단다. 나는 네가 그 역할을 충분히 잘해 내리라 믿어 의심치 않는다.

끝으로, 너를 우리 가문의 새 며느리로 맞이하게 됨을 기쁘게 생각하며, 다시 한 번 축하의 말을 전한다. 집안의 화목과 자손의 번창을 위해 장차 하게 될 너의 출중한 역할과 탁월한 솜씨를 기대해 보자꾸나.

아버지의 기침소리가 새벽을 깨우고

내 너에게 이르노니, 참고 기다리다 보면 반드시 좋은 날들
이 올 것이다.

2016. 11.

혜지를 며느리로 맞이하는

양현석 씀

할아버지는 밤하늘 별로 빛나고

-박서연-

생로병사의 섭리이런가! 사람이 늙으면 행동이 굼뜨게 되고, 또 언행의 일관성을 유지하는 것조차도 어렵게 된다.

내가 기억하는 할아버지도 말이 느리고 그 내용이 진부하였다. 말씀하실 때 입술모양이 바뀌는 순간을 기다리는 것조차 지루했다. 무슨 말씀을 할지 뻔히 예측이 되었고, 예상대로 이야기가 전개되었기 때문이다. "공부 열심히 해라", 아니면 "몸 건강해라" 같은 교훈적인 내용이 대부분이었고, 나는 그냥 흘려들었다. 그분과 나눈 대화 중에서 내가 했던 말이라고는, 대답을 위한 "네"가 전부였다. 행동도 느려서 할머니 표현을 빌리자면 '꾸

물텅이'였다.

내가 초등학생 때였다. 할아버지가 농약통을 짊어지고 가다
가 무면허 음주 오토바이에 치였던 일이 있었다. 그때 병실 TV
에서 만화 '핑크팬더'가 나왔던 기억이 난다. 그 후로 할아버지
는 지팡이를 짚고 다니셨다.

시간이 흘러 나는 대학생이 되었다. 장손이 대학에 들어갔다
고, 할아버지는 첫 등록금을 내주셨다. 그런데, 죄송하게도 나는
첫 학기에 학사경고를 받았다. 뒤늦게 이 같은 사실을 아신 할아
버지는 내주신 등록금을 무척 아까워하셨다.

2016년 가을, 나는 강화도에서 결혼식을 올렸다. 할아버지
는 손자 결혼식에 오지 못하셨다. 몸이 편찮으시다고만 전해들
었다. 스페인으로 신혼여행을 다녀온 후에 인사드리러 천안으
로 내려와서야, 할아버지가 폐암 말기인 것을 알 수 있었다. 입
원해 계신 대학병원으로 할아버지를 찾아뵈었다. 마침 그 날, 할
아버지는 자택 근처 병원으로 옮기기 위해 퇴원수속을 밟고 계
셨다. 숙부 두 분이 곁에 있었다.

나와 아내는 할아버지께서 예수 그리스도를 영접하시길 원했다. 그래서 우리는 큰 숙부의 동의를 구하고선 잠깐 기도할 시간을 얻었다. 할아버지는 예수를 영접하자는 말에, "다음에 또 기회가 있겠지." 하셨다. 하지만, 그 목소리에는 힘이 없었다. 나는 기회가 다시 없을 것 같아서 재차 영접을 권하였다. 할아버지는 고개를 끄덕이셨다.

영접기도문이 할아버지에게는 생소하여, 따라하기 어려울 것 같았다. 그래서 내가 영접기도를 한 다음, 할아버지가 동의하시면 눈을 깜박이시라고 하였다. 할아버지는 눈을 깜박이셨다. 그리고 눈물을 주르륵 흘리셨다.

그 후에 우리는 틈날 때마다 할아버지께 전화를 드렸다. 그리고 당신을 위해 같이 기도하곤 했다. 그 때마다 할아버지는 "아멘"이라고 수줍게 고백하셨다. 그리고 손자와 손자며느리에게 "고맙습니다."라고 존댓말을 사용하셨다. 할머니 말씀에 의하면, 우리와 통화할 때에 유달리 할아버지 표정이 밝았다고 한다.

아버지의 기침소리가 새벽을 깨우고

할아버지는 2016년 12월, 내 생일에 돌아가셨다. 3일장 일정에 따라 미리 마련해 둔 장지에 모셨는데, 눈이 펑펑 내리는 날에 전통적인 방식으로 관을 운구했다. 하관할 때 상여꾼들이 유족들로부터 좀 더 많은 돈봉투를 받아내기 위해 어찌나 거칠게 몰아세우던지, 그만 끈을 놓쳐버렸다. '쿵' 소리와 함께 관이 바닥에 놓이자, 할머니는 오열했다. 상여꾼 한 사람이 장손 대신 술 한잔을 올렸다. 3일간의 장례일정은 이렇게 엉거주춤 마무리되었다.

3년 뒤, 크리스마스 전전날 부모님을 모시고 천안의 모 고깃집에 갔다. 말없이 고기를 구우시던 아버지는, 할아버지 추모사업에 대한 이야기를 꺼냈다. 그 중에는 「사부곡」이란 책의 출판 계획이 있었다. 아내와 나도, 할아버지를 추억하며 글을 한 편씩 보태기로 하였다.

그 자리에서, 어머니는 얼마 전 꾸었다는 꿈 이야기를 하셨다. 할아버지께서 하얀 두루마기를 입고 밝게 빛나는 얼굴로 환하게 미소 지으셨다고 한다.

우리는 그것이 무엇을 의미하는지 단번에 알아차렸다. '흰 옷

입은 주의 순결한 백성'이라는 찬양 한 소절이 떠오르면서, 천국
에 계실 할아버지를 생각하며 가슴이 벅차올랐다.

아버지의 기침소리가 새벽을 깨우고

꽃 새댁과 시할아버지의 첫만남

-김혜지-

2016년 추석. 결혼을 3개월 앞두고 천안 시댁으로 인사를 드리러 갔다. 예비 신부이자 어리바리 꽃 새댁은 시댁의 시자만 들어도 어려운 그때.

'시조부모님들께 인사를 드린다니, 선물은 뭘 들고 갈까?'

'시숙부, 시숙모⋯. 용어 호칭에 실수하면 어쩌지.'

머릿속이 하얗게 되어서 그날 어떤 선물을 들고 찾아뵙는지 기억도 나지 않는다.

그래도 시조부모님 댁 문을 처음 열었을 때. 그 때만큼은 또렷이 기억이 난다. 호호백발의 할아버지와 할머니께서 일어서서 함박웃음으로 맞이해주던 그 얼굴. 긴장했던 마음이 녹아 내렸다.

고소한 전 냄새.

오랜만에 사촌동생들을 만난 신랑은 그 어느 때보다 기분이 좋아보였다.

'아 맞다. 친정아버지가 어른들 만나면 절부터 하라고 했는데…. 까먹었다.'

나름 만반의 준비를 했다고 했는데, 모두 생략이 되어버렸다.

시조부모, 시숙부네 가족들, 시고모네 식구들. 우리 식구들까지 포함해서 18명쯤이 한 집에 모여 있었다.

남자들은 거실에서 담소를 나누었고, 여자들은 주방에 옹기종기 모여 전도 부치고 송편도 빚고 우리가 흔히 볼 수 있는 추석 명절의 모습이었다.

쭈뼛쭈뼛. 뭘 해야 하나. 가만히 앉아 있을 수도 없고, 고민하던 그때.

말없이 웃고 계시던 시할아버지께서, 형님 댁으로 추석 인사를 드리러 가야하겠다고 선포하듯이 말씀을 하셨다.

아버지의 기침소리가 새벽을 깨우고

그렇게 해서 시조부모님 댁에서 시종조부님 댁으로 인사를 드리러 가게 됐다. 시할아버지 댁과 시종조부님 댁은 차로 5분도 안 걸리는 아주 가까운 거리다.

연로하셔서 걸음걸이가 느리신 시할아버지는, 마음만큼은 비행기 속도처럼 날아가고 싶어 하시는 기분이 느껴졌다.
그런 시할아버지 마음과는 반대로 길도 헤매고, 목적지에 거의 도착할 때는 동 호수도 헷갈려, 5분이면 충분한 거리를 15분도 넘게 걸려 도착했다.

가쁜 숨을 들이마시면서도 연신 싱글벙글. 그때 나는 우리 시할아버지는 잘 웃으시고 유쾌하신 분으로 기억했다.

시할아버지 입장에서는, 듬직한 큰 아들과 눈에 넣어도 안 아플 손자와 그런 손자가 데려온 며느리까지 3대가 함께하니 그 어느 날 보다 행복한 추석이었을 것 같다.

귀가 잘 안 들리시는 시종조모님은 나의 출신과 나이, 음식은 잘 하는지 등 궁금하신 게 참 많으셨다. 나는 질문하시는 대

로 바로 대답을 했고, 시종조모님이 귀가 잘 안 들리셔서 시할아
버지께서 나의 대답을 전달하셨다.

그런데 시할아버지 목소리가 작으셔서, 시아버지께서 나의
대답을 재차 전달했다. 문제는 시아버지 목소리도 작으셔서, 내
가 다시 우렁찬 목소리로 대답을 해야 하는 상황이 반복이 됐다.

얌전한 손자며느리 내숭은 그날 모두 깨져버렸다.
어르신들의 대화는 귀가 잘 안 들리는 불상사로 인해 동문서
답을 하기에 이르렀고, 나는 그 상황이 재밌어서 혼자 또 우렁
(?)차게 웃어버렸다.

어떻게 집으로 돌아왔는지는 모르지만, 그때 그런 생각을
했다.
형님을 생각하는 아우의 따뜻한 마음. 형님이 아프시니 조금
이라도 어리고 누워있지 않은 아우가 찾아가서 인사를 드려야
하는 예의범절. 내게는 큰 가르침을 주셨다.

또 아버지의 뜻을 존중하고 아버지의 의견을 따르는 시아버
지의 모습에서, 부모를 공경하고 효도하려는 마음을 깊이 새기

아버지의 기침소리가 새벽을 깨우고

게 됐다.

시할아버지와의 두 번째 만남은 안타깝게도 병원에서 이뤄
졌다.

결혼식을 치르고 신혼여행을 다녀오니, 시할아버지는 폐암
말기라는 선고를 받으셨다.

홍안의 웃음이 많던 시할아버지는 급속도로 마르셨고, 힘들
어하셨다. 그때 우리 신랑은 할아버지가 투병의 고통을 당하지
않길, 영원히 헤어지지 말자고, 우리 다시 천국에서 만나자고,
예수님을 영접하는 영접기도를 진행했다.

두 손을 꼭 붙잡은 손자의 기도를 듣고, 눈물을 주르륵 흘리
시는 할아버지. 나도 같이 울었다.

그리고 말씀드렸다. 아프지 않으시도록, 매일 매일 시할아버
지를 위해서 기도드리겠습니다라고….

그렇게 2주가 흘렀을까.

시어머니께서 전화를 주셨다. 우리가 할아버지께 전화를 드
리면, 할아버지께서 그렇게 웃으시고 또 좋아하신다는 내용이

었다.

실제로 신랑이 전화로 할아버지 위해서 기도를 했을 때, "아멘"도 하시고 또 "고맙습니다"라는 존대어도 하셔서 깜짝 놀라기도 했었다.

마지막으로 뵈었을 때는, 말씀을 거의 못하셨다. 목소리가 잘 안 들렸는데, 나는 입모양으로 시할아버지께서 하시는 말씀을 알아들을 것만 같았다.

건강 잘 챙겨라.
건강해라.

네, 건강하겠습니다. 부모님께서 주신 이 몸을 잘 돌보겠다고, 신랑의 건강도 잘 챙기겠다고 다짐을 했다.

그렇게 시할아버지와의 짧고도 굵은 만남이 끝이 났다.
꽃 새댁에게, 시할아버지는 잘 웃으시고 다정하시고 연약한 분이셨다. 짧은 시간동안 형제의 정과 가족의 정, 효도와 강건하게 살라는 교훈을 주셨다.

천국에서 다시 만날 그 날을 기다리며, 나는 오늘도 우리 시댁식구들을 위해서 진심으로 기도한다.

사랑하는 자여, 네 영혼이 잘됨 같이 네가 범사에 잘되고 강건하기를 내가 간구하노라(요한삼서 1:2).

아버지의 기침소리가
새벽을 깨우고

초판 1쇄 발행 2020년 7월 31일

글 박상엽
펴낸이 박서연
펴낸곳 가망불망
주소 인천 강화군 선원면 중앙로 253-1
전화 032-934-3456
이메일 seoyeunn@hanmail.net

ⓒ 가망불망, 2020
ISBN 979-11-963306-2-0 (03810)
CIP 2020026082